难忘的记忆

陈国林◎著

民主与建设出版社
·北京·

© 民主与建设出版社，2023

图书在版编目（CIP）数据

难忘的记忆 / 陈国林著. -- 北京 ： 民主与建设出
版社，2023.7
ISBN 978-7-5139-4299-7

Ⅰ．①难… Ⅱ．①陈… Ⅲ．①散文集－中国－当代
Ⅳ．①I267

中国国家版本馆CIP数据核字(2023)第137415号

难忘的记忆
NANWANG DE JIYI

著　　者	陈国林
责任编辑	郝　平
封面设计	青年作家网
出版发行	民主与建设出版社有限责任公司
电　　话	（010）59417747 59419778
社　　址	北京市海淀区西三环中路10号望海楼E座7层
邮　　编	100142
印　　刷	三河市双升印务有限公司
版　　次	2023年7月第1版
印　　次	2023年8月第1次印刷
开　　本	710毫米×1000毫米　1/16
印　　张	13.5
字　　数	195千字
书　　号	ISBN 978-7-5139-4299-7
定　　价	68.00元

注：如有印、装质量问题，请与出版社联系。

目　录

第二辑　感受亲情温暖

第三辑　难忘家乡美景

第四辑　激扬的工作热情

第五辑　点燃文学梦想

第六辑　享受徒步乐趣

第七辑　亲近自然

第八辑　生活杂记

第一辑　追忆少年时光

孩童时的过年印记

过年，是指过"年节"，即现在的"春节"。过年，是我国传承五千多年的民俗节日。自记事以来，就记得过年是最热闹的，尤其小孩最喜欢过年。俗话说，小孩喜欢过年，大人过年花钱。

我出生于 20 世纪 60 年代的云南农村，孩提时代都是在农村度过的。记忆中的过年热闹又好玩，而且全家人要准备好长时间。我记得，每年过年从腊月二十三就要开始准备了，这天又称小年，主要是扫尘和祭灶神。传说中，腊月二十三是灶王爷回天上的日子，家人要诚心诚意准备诸多祭品供奉灶神，如肉、饭、酒、茶、糖、水果、糕点等。首先在灶台上点三炷香，并放三张黄纸钱，然后将祭品摆放在灶台上，祈求灶神上天后禀告玉帝，赐予人间美好生活。

腊月二十四是扫尘日，也称掸尘日。扫尘有祛除病疫、祈求新年安康之意。用草席或塑料布将床铺、粮食等重要物品遮盖好，扎一把两米多长的竹扫帚，从楼上到楼下，将房屋每个角落都清扫一遍，除去所有灰尘污垢，迎接新年的到来。

腊月二十五主要是做豆腐。民谚称："腊月二十五，推磨做豆腐。"那个年代没有机器做豆腐，都是家人自己做。先将黄豆米在水里泡上一天，再用石磨推碾成糯糊状，然后在大灶锅上方担两块木板，将碾推好的豆浆连渣用纱布包裹好，放在木板上，挤压出豆浆流入锅里用火煮。做豆腐最关键的技术是火候和点石膏的把控，把控不好就会做成稀豆腐或糊豆腐，那就说明豆腐做失败了。我家姊子做豆腐是一把好手，在我的记忆里从没见她失败过，村里还有好些小媳妇点不来石膏，经常来请教她！

腊月二十六是杀猪宰牛日。民谚称："腊月二十六，杀猪割年肉。"家里养猪的，多数会在这天杀过年猪，当然，有的还会选择一天没有跟自己家人同属相的日子杀过年猪。没有养猪的，则会去集市采购猪肉、牛肉、羊肉，筹备过年的肉食，故此称为"年肉"。那个年代，自己宰过年猪的，还要将带上尾巴的另一半上交给政府的供销社。

腊月二十七是洗澡、洗衣、宰鸡赶大集的日子。民谚称："腊月二十七，宰鸡赶大集。"这一天，家人忙着洗澡、换洗衣服、被褥等，除去一年的晦气，准备迎接新春佳节，还会去赶乡街子购置年货。鞭炮、糖果、门神对联、小孩的新衣新鞋是必须要买的。买布料要用布票，买肉要用肉票，买粮食要用粮票，买油要用油票，每家都有一本政府发的"购物证"。

腊月二十八是蒸年糕、舂糍粑的日子。我的家乡主要是舂糍粑，将糯米泡制后，用木甑子在大灶上蒸成米饭，背到村子里的碓房里舂成糍粑。舂糍粑很费劲，要几家人互帮才能舂。男人踩碓头翻弄饭团，女人装糍粑。碓头拴有两根手拉绳子和一根对嘴，两个大男人一边手扯绳子，一边脚踩碓尾，一上一下舂着石碓窝里的糯米饭，将糯米饭舂到看不见米饭颗粒时，柔软黏糯的糍粑就做好了！

腊月二十九是除夕的前一天，被称为"小除夕"，也叫"过赶年"。这天主要是上坟请祖和蒸馒头、包子、花卷的日子。亲戚朋友还会来往拜访，叫作"别岁"。

腊月三十也就是大年三十，民间称为除夕。这一天对于中国人来说，是最繁忙也是极为重要的一天。全家人从早到晚都以准备年夜饭为主，加上贴年画和门神对联、准备压岁钱、鞭炮、祭祀天地、守岁等，要忙碌一整天。这一天，我的任务就是帮着贴年画、门神对联和打醋炭，这也是跟大人们学会的。贴门神对联、年画时，先用一口小铁锅将小麦面粉冷水煮拌成糊状。把旧的年画和门上的对联去除，用刷子或松毛头将糨糊涂抹在粘贴处，慢慢将年画按上去，用手抚平粘稳就行。打醋炭时，将青松毛垫在一个铁盆里，再将烧得通红的梨炭放在青松毛上，然后撒上一些扁柏叶，此时烟雾缭绕，手端铁盆满屋子绕圈，边绕边念叨"清吉！清吉！"，烟雾变小还可以加水。这样做的目的是清除家里的邪气与晦气，让来年清新安康。

吃年夜饭前，全家老小还要供奉祭祀天地和祖先。每家每户楼上都有一个供桌，供桌靠墙摆放，墙上贴着一张写有"天地国亲师位"的字画，供桌上供奉着祖先牌位。同样，在供桌及天地前面，供上一碗方块猪肉（也叫盘佛），三碗斋饭和茶水、酒水、糖果、水果、糕点之类。插三炷香，并放三张黄纸钱，全家老小下跪作揖，磕头祭拜。祭祖仪式完毕，鞭炮响起，年夜饭开吃。整个村子鞭炮声不断，放完一家另一家又响起。哪家鞭炮响就证明哪家开始吃年饭了。传说年夜饭吃得越晚越好。

年夜饭基本都是在楼上吃，还在楼板上面铺上青松毛。鸡鸭鱼肉、各种炒菜足有十多种，家人席地围坐，边吃边聊，开怀畅饮，其乐融融，幸福满满。二十世纪六七十年代的年夜饭，没有电视看，边吃边乐，要吃两三个小时。吃完年夜饭，长辈们就给我们小孩发压岁钱和分发新衣服穿，压岁钱有一角、两角，最多时发一元钱，寓意镇邪驱恶、保佑平安。当我们拿到压岁钱和新衣服时，脸上便露出灿烂的笑容。楼上还生有一个炉子，人们一边烤着火炉，一边嗑着瓜子聊天，等待买水和接天地。大年三十的晚上，多数人都是放开了吃喝玩乐熬通宵，也叫作"守岁"。

夜间十二点一过，就要挑着空水桶、带上香纸和小封鞭炮，去村里的水井处挑新年第一桶水，叫作"买水"。我跟叔叔去过几次，到井边时，先将带去的香火和黄纸钱插在井边，然后燃放鞭炮，装满水桶后悄悄回家。

第二天是大年初一，又叫春节。天刚蒙蒙亮，凌晨四五点钟吧，大人们又要准备接天地了。用同样的祭品，在楼上打开窗户，将祭品对着天磕头祭拜，仪式弄完又燃放一封鞭炮，至此，接天地活动圆满结束。大年初一这天，多数家庭吃素不吃荤，一般都是煮一锅糯米饭，用香油简单做一些豆腐、白菜等素食就行。

午饭后，人们个个穿上新衣服，口袋里装满瓜子、炒蚕豆、爆米花和糖果，男的还会带上一些鞭炮，到村里的晒谷场上玩耍。我记得，晒谷场上有码的几十米高的草垛子堆，我们小孩会想方设法爬到顶上，躺着顺堆滑下，下面也全是谷草，不会伤着自己。还有的学骑自行车，更多的小孩相互对比着自己的新衣裳。整个晒谷场人多笑声多，偶尔响起零星散炮声，这里是村里唯一玩耍的好地方。

孩童时的我，每年过年的新衣服在村里小伙伴中都是上等的，叔婶每年都会给我做一套灯芯绒或的确良的，颜色不是黑色就是蓝色，妹妹们也一样，只是她们的多半是红色。大年初二开始拜年。午饭前要带上祭品到村旁的土地神庙祭祀土地神，回到家接着祭拜祖先，祭拜完才能鸣炮吃饭。饭后开始走亲戚拜年，出嫁的姑娘也带上好吃的赶回娘家看望父母长辈。走访亲朋拜年，一直要持续到正月十五过后，春节也算真正过完了。

虽然我有二十多年未回老家过年了，但孩童时期的过年场景让我记忆犹新。每逢过年，小时候的年味和情景，就像放电影一样在脑海里浮现。餐桌上的美味佳肴、家人团聚的欢声笑语、噼噼啪啪的鞭炮声、供奉祭祀先祖的传统仪式、身穿新衣的高兴劲……各种场景都让我难以忘怀。

时光不再倒流。现在想起来，还是小时候乡村的年味最浓，过年的香火传承不变。传统佳节的文化永远传承，人们的幸福日子越过越红火，家和万事兴，美丽乡村更加美丽！

（20世纪60年代，作者出生在乡下的这间老屋）

缺少父母关爱的孩子

我出生于 20 世纪 60 年代中叶，原沾益县西部偏远山区的一个小山村，距县城约 30 公里。三岁时由于家庭的变故父母离异，父亲是个小学教师，在离家百余公里的公社小学任教，母亲是个地道能干、贤惠善良但不识字的农家妇女。我一出生就跟母亲与爷爷奶奶、小叔们一起生活。听母亲说，在我一岁半时，奶奶脸腮处长了一个大瘤子，农村俗称"大耳巴"。家里实在太穷，没钱医治，加之奶奶自己疼痛难忍，因此她上吊自尽了。奶奶过世一年多，小叔也结婚了，一家三代五口人挤在一间瓦房里生活。父亲上班离家很遥远，交通又不方便，回家只能靠徒步和搭一段顺路的马车，偶尔机会好，还会碰上拉货的卡车司机带他一程。回趟家真是很艰难，路上就要耽误十多天时间，一年只是寒暑假他才能抽空回家住上几天，多数时间只能留守学校，根本顾不上回家和管家。

我三岁那年，原本很幸福快乐、别人又羡慕无比的家庭破碎了——父母离婚了。听说以前父亲就闹过离婚，但因爷爷阻止就没离成。因我年幼，县法院判我跟母亲生活，父亲每月需支付五元抚养费给母亲，每年 60 元，抚养费要支付到我满 18 周岁，再由我自己决定跟父亲还是跟母亲生活。那个年代的农村，一旦家庭破裂了，离婚女人的地位就变得很低。在原来的家里继续待下去是备受歧视的，家人看不起，村里人会鄙视笑话，加之无多余的房子，离婚后不到两个月，母亲实在无法待下去了，经好友介绍，带着我含泪离开了自己的家，远嫁他乡，开始新的生活。

此时的我也有了些模糊的记忆。记得跟随母亲到新的家庭后，白天母亲要出去参加生产队里的集体劳动挣取工分，就将我反锁在家里的一小间厨房里，同时还要担心老家来人把我带走。厨房是单独盖的一间小瓦房，就在老屋正对面，面积约 15 平方米，有一道木门，上面有铁扣，可以从外面搭扣反锁。厨房侧面朝东山墙上开了一道离地面一米五的木窗，窗口约四五十厘米长，并钉上木制横栏，两扇窗可以对开。厨房里砌了一个大灶台，还有一张八仙桌，四条长凳，两个草凳，一家人煮饭吃饭都在小屋里。继父也是个和蔼可亲的大善人，还担任过多年的村长，获得过很多奖状，在村里威望很高，对我很是贴心。

记忆中没过几个月，听说父亲不想支付我的抚养费了，就叫二伯、小叔们把我从母亲手里领回老家去抚养。二伯、小叔和堂哥分别去过两次，跟母亲说我是老家的人，要把我带回去，但母亲不同意。最后，爷爷亲自出面，又骂又恐吓，逼着母亲让步，母亲被逼无奈才妥协，为我换上一身新衣服，难舍难分地让爷爷领回老家生活。我记得跟爷爷刚返回我小叔家时，恰逢小叔家生了一个妹妹正在办酒，好多好吃的东西让我高兴不已，我跟爷爷、小叔们又成了一家人，继续生活在一起。

从此以后，我就离开了生养自己的母亲，成为一个无父母疼爱的孩子，在小叔家又整整生活了十年。在小叔家的十年是我一生中最幸福快乐的十年。在爷爷的呵护下，小叔和婶婶对我很好，就像对自己的亲生儿子一样。后来，叔叔又生了三个女儿，全家八口人其乐融融、幸福和谐，有好吃的总留给我，一家人待我跟四个妹妹一样好。每年春节做新衣裳，无论是灯芯绒还是的确良布料的，妹妹们穿红色，我就穿蓝色或黑色；妹妹们有头巾，我就有帽子，兄妹五人都是一样的布料，只是颜色不同。那个年代，灯芯绒和的确良衣服是最时髦的，很吸引别人眼球，还要使用布票才能买到，而且都是婶子手工缝制。衣服脏了，婶子帮着洗干净；衣服破了，婶子给缝补好。每年过年都要换一套崭新的衣服，小叔一家从没让我挨冻挨饿过。那个年代，生活条件很差，多数人只能吃上苞谷饭、小麦饭和土豆，偶尔有点米饭都是在甑子的夹缝里，爷爷总是先将米饭掏给我吃，然后才给妹妹们吃。过年会吃红米饭和糯米饭，还能喝上汽水。

一年只有在杀过年猪时才能大吃一顿新鲜肉，每家杀头猪还要将带尾巴的一半上交供销社。平时只能吃上两三次腊肉，有重要客人来才舍得炒一小碗，还是跟猪血肠一起炒。猪血肠是杀猪时用少量糯米面、苞谷面和猪血混装蒸熟晾干制成的。腊肉和猪血肠一人只能吃到一两片，长辈们总会给我多夹几片。招待客人最好的还有清汤面条配个煮鸡蛋，这种机会也很少，婶子煮给客人吃的时候，也会弄一碗给我吃。那些年，小叔是村里的会计，爷爷又给村集体放羊，多的时候大概有六七十只羊，少的时候也有三四十只，都是爷爷一人放。一年四季，只有年初一至初三那三天，叔伯会叫我和堂兄弟们轮流帮爷爷放几天，说爷爷辛苦了一年，让他休息三天。堂弟兄们都不愿去放羊，只想着过年好吃好喝好玩，安排了只能憋着气，甚至要多给些鞭炮才会替爷爷去放羊，还会偷着提前回来。可不论刮风下雨，爷爷每天都必须坚持去放羊，一般上午十点多钟吃完饭出去，等天黑了才回来。爷爷还要顺便捡拾一大捆柴火带回家烧火煮饭用，也给家里挣些工分。村上年底分粮食和钱，有时按人口分，有时按工分分，小叔家的生活在村里算是比较好过的。

我比小叔生的四个妹妹大四岁到十岁，这些妹妹我都抱过、背过、照看过、和她们一起玩耍过，关系处得很好，感情深厚。我一直记得，爷爷外出吃酒做客得到的小粑粑和喜糖瓜子，他总是舍不得自己尝一口，全带回家给我吃。村里不管哪家杀猪宰羊吃好吃的，爷爷总会领着我去饱餐一顿。爷爷有十个亲孙子，最疼爱我，也许是因为我无父母照顾，可怜吧！或许就像农村人常说的爹妈喜欢小儿子，爷爷奶奶喜欢大孙子。爷爷脾气暴躁，骂人声音又大，但心肠很好，在村里小孩们都很怕他，没有任何人敢欺负我，包括堂哥堂弟们也是如此。

我的母亲不敢来叔叔家看望我，来了会被爷爷骂，更不会被允许进门，爷爷害怕母亲把我带走。刚开始的那几年，母亲实在是太想念自己的儿子，只能偷偷进村，到叔叔家附近的朋友家打探情况，或等待时机看我一眼，随身还带来亲手给我做的剪子扣鞋子、绣花凉鞋、衣服和糖果、瓜子等。机会好时，爷爷不在家（外出帮生产队放羊），母亲就能看到我。见面时，我有些害怕，总是躲闪，母亲拉着我的双手含泪说："我是妈妈！叫我一声，这些都是给你的。"一边说一边流泪，将我全身衣裤口袋装满糖果、瓜子，把新衣服和鞋子给我抱着。我只敢看母亲一眼，心里已经对母亲陌生了，不敢叫一声

"妈妈"，只感觉这个女人对自己很关心，会给自己那么多好东西。虽然没叫，但母亲还是很高兴，总算见到自己的儿子了，走了十几公里山路，算是没白跑一趟。

然而多少次，母亲都是含泪离开村子，因为爷爷害怕我被母亲带走，交代村里的大人和小孩，不准母亲接近我，还经常告诉我说母亲是坏人，把我抛弃了，我没有妈妈。所以，我见到自己的母亲既害怕又感觉陌生，不敢叫，更不敢亲近。后来，母亲在新的家庭又有了弟弟和妹妹，身边有了寄托，加之山高路远，来一次也很艰难，渐渐地，母亲也就不常来看望我了。随着时间的推移，我也就忘记了自己母亲的模样。母亲很少来看望自己的儿子，也不再给我送新衣服和好吃的糖果瓜子了。

说起我的父亲，他从我小时候就没在我身边生活，我更是觉得陌生，只听说他是个老师，拿工资的。每年只会回小叔家一次，有时几年才回来一次，回来时也跟爷爷和我一起睡。我上学期间他会买点作业本、铅笔、书包等学习用具给我。我记得他买过一个蓝色帆布书包和红色书包，书包上还印有"好好学习，天天向上"和"为人民服务"的字样。虽然有这些喜爱的东西，但自己还是从来不敢接近他和叫他一声爹或爸。在我的心里，这个人很陌生，一年也见不着几面，只听长辈说这个男人是自己的父亲，根本不知道父亲是怎么回事，跟这个人没有什么感情，觉得这个人跟自己不是一家人。还是觉得对自己最好最亲的只有爷爷、小叔、婶子和四个妹妹，这些人跟自己才是一家人。还有大伯、大妈和其他堂哥、堂弟、堂妹们对自己也很好，他们会跟自己一起玩，还会给自己东西吃，觉得他们都是好人，会关心照顾自己，他们才是自己信得过的人。

转眼间我已经七岁，到了上学的年龄。村里有一所学校，有一个姓陈的民办教师教课，也是本村人。小叔跟陈老师说，侄子到上学年龄了，要送我去上学，老师也同意。九月开学，小叔准备了书包、铅笔、作业本、文具盒等学习用品让我背着，我心里很是高兴。小叔还从家里带上一条长凳，领着我去学校报到。

　　那个年代的小学很简陋，就是一间土坯瓦房。教室地面凹凸不平，进门左侧靠墙有一块用木支架支撑的斜立的黑板，还是三块木板拼接漆黑的。黑板上方墙面贴着"好好学习，天天向上"八个大字，中间还有一张毛主席像，两面侧墙和背面墙上张贴着雷锋、黄继光、罗盛教、爱因斯坦等人的照片。教室里摆着三组五排课桌及凳子，前两排桌子是用土砌的，上面担着两块木板，后三排才是简易木桌子，木桌子和凳子都是学生从家里带来的，毕业离校或放假时才各自带回家。

　　全部学生分为三组，每组一个年级，一个年级只有八九个学生，三个年级共处一间教室。低年级上课时高年级做作业，高年级上课时低年级做作业，轮流上课学习，一个老师教三个年级的学生。早自习书声琅琅，上课时聆听讲授，下课时玩耍嬉闹。我记得教室进门右侧的后半部分有一个空间，左墙角堆着一大堆干柴，都是夏季晴天老师领着学生上山捡拾回来准备冬天取暖用的。右侧空间是冬天生火的地方，冬天下雪时，每天都会在此生一大团火，课间休息时，大家全部围着火堆烘烤取暖，有时老师还会讲墙上英雄的故事给大家听。我读了一个学期，觉得很好玩又热闹，也很开心，从此也喜欢上了读书，学习成绩总排在前三名。老师见到爷爷、小叔，总是夸奖我学习成绩好、很优秀、听话，爷爷、小叔很是高兴、自豪。

　　一年级刚结束，村里上课的老师被推荐到省城昆明上大学去了，一时找不到老师上课，学校只能停学停课。过了快一年了，小叔急忙找人托关系，将我跟村里另外三个同学一起转到一公里外的一个村子，让我们继续插班读书。一个女同学上一年级，我和两个男同学直接跳级上三年级，课桌也要自己带，小叔又将自己家里的吃饭桌一起送到学校给我上课用。

　　由于离家有些远，午饭赶不上回家吃，要自己带，婶子每天都会早起，提前为我准备一盒（口缸）米饭，放点猪油和自家做的咸菜等让我带上，中午下课时热着吃，那已经是当时最好的午饭了。午饭时，老师经常会煮面条、鸡蛋等好吃的，看到我吃得简单，都要多煮点分些给我吃。放学回家时，四个同学结伴而行，有说有笑，快乐无比，有时还会在路边偷点生蚕豆、豌豆、山楂、野枣、梨果等分着吃。冬天来临，雨雪天，每人还会带上一个用破旧瓷盆和三根铁丝自制的火笼，生满一笼火，不仅路上热乎，上课时还可以将火笼放在课桌下暖手脚。生火时，男同学胆大勇敢，时不时会将火笼举起，在头顶绕圈，绕后火苗更旺，有时还会浓烟滚滚，技艺不高还会被火星烫伤。我耍火笼的技术还是很棒的，从未被弄伤过。

农闲或学校放假时，不知道小叔从哪里弄来《水浒传》《三国演义》《聊斋》等书教我看或讲故事给我听，我经常听得津津有味，听到聊斋里的鬼故事还会害怕。小叔看到别人家的小孩有梭镖、红缨枪、木头枪、木大刀、弹弓等玩具时，就会忙着给我做一个，因为小叔是农村盖大房子的大木匠，给我做这些玩具是小菜一碟。家里用的桌子、箱子、柜子、凳子、水桶等木制用品都是小叔自己做的，他还帮别人家做过很多陪嫁箱柜呢！小叔甚至还会用铁打制斧头、锄头、砍刀、铲子、小刀等铁器，村里人会称呼他为"小炉匠"。我还给小叔当过帮手，拉过风箱呢！在我心目中，小叔就是个全能人才，样样都会，有这样的好叔叔在身边关心爱护自己，我感到很自豪，生活也充满了阳光与乐趣。同时，我早已忘记了自己的父母，心里早就把叔婶当成自己的父母了。

在外村读小学的几年中，母亲听到我没在本村读书，觉得看望我方便，也到我就读的学校附近，等着下课去看望我，但我仍然觉得母亲很陌生，不敢叫喊也不想跟她说话。记得有一次在放学回家的路途中，我正跟同学在路边背靠田埂晒太阳聊天，母亲听说学校已放学了，急忙赶来看望我一眼。母亲带来了一些香瓜子、蚕豆、苞谷子、晒干的柿子，还有好多长形的、方形的、圆形的、串形的水果糖，五颜六色，吃起来又香又甜，还有煮好的硬皮鸡蛋。母亲用好吃的东西将我全身的口袋装得满满的，还给我的同学也分了一些。母亲跟我说："我是妈妈，不用害怕，我就是专门来看你的！听老师说，你很听话，学习也很好，真是妈妈的好儿子，就是要好好读书，听爷爷、叔叔们的话，将来长大了才有出息。"母亲一边拉着我的手，一边说着话，还止不住流下了眼泪。

一直到她离开时，我还是没有开口叫一声"妈"，不知道为什么，我始终叫不出来。只是看着母亲的身影渐渐远离，她还边走边回头看自己。路上同学问我："刚才那个女人真好！给你那么多好东西，连我们都沾光了，她真的是你妈吗？"我说："我也不知道。以前她也这样来看过我，不知道是好人还是坏人。看样子倒是很和蔼可亲，心地善良，不像大人们说的那样是个坏人。"

转眼间，我已上五年级了，刚读了两个月，父亲给小叔来信说，他在外地的家，被一个疯子放火烧了个精光，还好没伤着人。小叔带着大伯家的堂哥急忙赶去看望。回来听小叔说，父亲正准备打算在那里建新房，小叔跟父亲说："那小林怎么办？要这样，就将他送来交给你们，跟你一起生活上学。"父亲对小叔说："就让小林跟你们家生活，长大了让他去招亲。"这说明父亲根本不想要我跟他一起生活。通过小叔和堂哥一再做工作沟通，父亲才下定决心要搬回老家来生活。小叔跟我说，父亲一家在教书的地方的住房被大火全部烧光，准备搬回老家来住，一共五口人一起搬回来，回来了我就要跟他们一起生活。我不知道如何是好，只能听小叔的安排。大概过了两三个月，父亲一家真的从外地搬回来了，二伯家也刚盖起了一间新房，就将他家住的小屋腾出来让给父亲一家住。小屋共两层，楼上住人和堆放粮食杂物，楼下煮饭、吃饭和养猪，就在小叔家斜对面，同在一个院内。接着我也就搬到父亲家，跟继母和三个同父异母的弟妹们生活了。

我跟爷爷、叔叔一家人生活了十年，这十年，虽然没有父母在我身边陪伴，但有爷爷的疼爱呵护，有叔婶的关爱照顾，有四个妹妹相伴，每天的生活都充满阳光，是我一生中最幸福快乐的十年，更是终生难忘的十年。我刚开始跟父亲一家人生活时，感觉很不习惯，还好每天都能见到爷爷、叔叔家的每一个人。每晚爷爷都会给我留门，盼望着我回去跟他一起睡，也许他就是这样想的吧！我有时候也会偷偷去跟爷爷睡。刚开始的几个月，婶子每月都会弄好一小背篓大米让我背回父亲家去吃，有两三次吧。因为搬来之前，我的粮食和土地份额在小叔家，父亲家五人的土地是来之前小叔找村领导商量好专门留下来的，连自留地、菜园地刚好也是五个人的份额。父亲继续在外地工作，继母带着弟妹们一起生活。对于我来说，他们都是陌生人，和我共同语言少，我甚至有些胆怯和害怕。

一晃，我跟继母一家生活已有半年。半年间，我边上学边帮着家里做些农活，放学还要跟堂哥堂弟们一起上山挑柴；有时候跟继母学着做饭（多数都是苞谷疙瘩饭），晚上做完作业还要跟继母一起编制草席到深夜，继母扶扣我穿草，编好的草席除留够晒粮食外，剩余的卖钱补贴家用。我始终不是继母亲生的，一起生活时间长了，继母就觉得我是多余的人，不仅费粮食，上学还要花钱。继母经常给我白眼看，弟妹们小，又不懂事，在继母的教唆下，经常骂我道："滚回你妈那里去，你不是我们的哥哥……"继母对我越来越苛刻，有时候做事到深夜，我瞌睡起来想睡觉，继母就说："像你这样懒惰的人今后过什么日子，还说你像你爹，你不撒泡尿照照自己。我也不是你妈，我一个大姑娘哪有这么大的一个儿子。"来走亲小住的外婆（继母的母亲）看不下去帮腔说："让他去睡，明早还要早起读书呢。"我也气得愤怒地反驳说："你嫁了我爹，我就要叫你妈。"其实我心里恨透了继母，根本不想认她做妈，当然也从未正面叫过她，继母也才比我大十四岁。后来，我考上了县里的二中，学校在离家二十多公里的山区，也就是现在的海峰湿地。我的童年就这样不知不觉过完了。

回想起来，我的童年真是酸甜苦辣累，既揪心又心酸。最让我想不通的是，自己的亲生父母都健在——母亲是个农村女人，父亲是个人民教师——为什么他们抛弃我不管，将我丢给爷爷、叔婶抚养。父亲为什么不将我带在他身边读书，他还可以给我上课。还有就是，当我看到朋友同学时常有父母在身边嘘寒问暖，有父母呵护疼爱，心里就很是痛苦，因为我甚至对自己父母的模样都很模糊生疏，根本没有叫爹妈的机会。我觉得自己虽有父母，但跟无父无母一个样，自己不是孤儿胜似孤儿。我发自内心地想跟小叔一家人一直生活下去，但小叔也跟我说过，我父母健在，不能在他家继续生活，必须回到父母身边，这是世情上的道理。悲惨童年令我不知道父爱母爱是怎么回事，也更没体会过什么是父爱母爱。我一生最大的遗憾就是幼年父爱母爱的缺失。

在此真诚提醒天下的父母，最好不要轻易离婚，即使离婚了也要将自己的亲生儿女带在身边抚养教育，不能让自己的亲生骨肉的幼小心灵受到预想不到的创伤，搞不好还会害了孩子的一生。身为父母，既然要把孩子生下来，就要为孩子负责，不然孩子长大了也会痛恨父母一辈子。人间自有善心人，功夫不负养育恩，幼年苦难勤读书，好学上进有出路。最后，我在爷爷、叔伯等亲人们的关爱和学校老师的培育引导下，一直保持着优异的学习成绩，顺利读完初中、高中、中专，走上了工作岗位。

（作者人生的第一张照片，拍摄于 1982 年 6 月读初中时期）

艰难的求学路

　　1979 年秋季，刚跟父亲和继母一家生活半年的我，考上了沾益县第二中学（现在的海峰中学）。学校离家有二十多公里路程，建在一个僻静的边远山区，听说原来是一个农场，后才改为沾益县第二中学，学校有初中部和高中部。因父亲在外地工作，也是一名教师，抽不出时间送我去新的学校报到。二伯说他知道怎么走，由他送我去报到，那边有一个叫黄龙洞的村子，离学校只有四五公里远，村里有一家远房亲家，好多年没去过了，顺便也想去走走亲戚。

　　20 世纪 70 年代的农村很贫穷，考上离家远的学校，需要住校的学生，都是两人拼凑铺盖共睡一张床。一人带被子，一人带垫毯（当地人也叫灰毡）和草席，床是高低木床，上下各有一铺。当时，村里只有我和另外一个姓陈的同学考上了，他的辈分比我小一辈，管我叫叔叔。因我家的条件比他家好一些，有个当老师的父亲，我就带被子，由他带垫毯和草席，我带的被子还是大队救济给家里的。

　　九月初的一天，天刚蒙蒙亮，二伯就领着我和同学，带上各自的行装，步行前往学校报到。因路程较远，而且都是山路，没有车辆通行，连顺路马车都没有，只能靠脚走，要走八九个小时才能到达学校，所以必须早起赶路。二伯帮我们背着被褥行李和生活日常用品，在前面引路。一路上，翻山越岭、穿过沟壑丛林，走上几公里休息几分钟；二伯边走边交代我和同学，大人们没在身边，在学校要互相照顾、好好学习，不要生病，家里的事不用操心。

　　中午一点多钟，终于来到了黄龙洞村二伯的亲家家。二伯满面春风，自豪地给亲家一家人介绍着我，还叫我喊老亲爹、老亲妈和哥哥姐姐。二伯的亲家一家人很热情，知道我们走了一天的路，又饿又渴，赶忙端茶送水，做饭给我们吃，还告诉我们在附近学校读书，有什么事就去找他们帮忙，说大家都是一家人。

饭后歇息片刻，我和同学又跟着二伯往学校赶。下午四五点钟，终于来到新的学校。学校坐落于一望无际的宽阔平坦坝区，周围全是一座座锥形喀斯特小尖山，有些尖山还被湖水环抱着。这里有山有水，风景秀丽，只是不通汽车，出入学校全靠步行，人们称这里为"小桂林"和"海峰"。当然，距离学校三四公里的山脚处也有一些村庄，这里有个村公所叫作"法土村公所"，管辖七八个自然村，还有一个供销社的购销店，可以买到笔墨纸张及生活日常用品。

在学校向班主任黄老师报到后，我和同学被分在初十六班学习，全班三十多个学生，男生多同住一间集体大宿舍。我和同学住上铺，我们两人从小一起长大，从小学起就在一个班读书，现在又分在一个班、一间宿舍，倍感兴奋与激动，二伯也很高兴放心。吃住安顿好后，二伯又再三嘱咐我和同学，要听老师的话，要跟同学们处好关系，不要打架闹事，要相互帮助、好好学习，做个好学生。太阳快要落山了，二伯跟我们告别时说，要赶往亲家家住一晚，第二天再返回家。我目送着二伯远去的背影渐渐消失在路途中，感激的泪水夺眶而出，发自内心地感叹，二伯您真好！

当时的沾益县第二中学，只有高中七班和八班两个高中班，初中有初二十五班和初一十六、十七三个初中班，后又连续招了两届初中班，每届都是招两个新生班级，高中读两年毕业，初中读三年毕业。高中七班和八班毕业就停办高中，我在校时学生有300余人，教职工有近30人。学校占地面积很大，足有四五百亩，校园内还设有图书室、医务室、食堂等，虽简陋但还算齐全。教室和老师宿舍、学生宿舍都是瓦屋面土坯房，所有房屋的地板和操场都是泥土地面，但也还算平整。

每个班级都分有几块菜园地，师生们的蔬菜多数都是自种自食。每月国家补助每位学生粮食十一斤，但都是杂粮；学生每月缴伙食费六元，用票打饭吃，只要打到饭就有菜。十个学生一组，下课到饭点时收齐饭票轮流排队买饭菜，两个瓷盆，一个装菜，一个装饭，买到饭菜再蹲地围圈分着吃。教师食堂还多数有米饭和炒肉，学生食堂就有些惨了，一年四季，长年累月每餐吃的都是苞谷饭，菜也是每顿连菜带汤一个，多数都是青白苦菜和土豆。每月能吃一次猪肉，每位学生分到的是豆腐块大小两坨连肥带瘦的肉和肉汤一勺。生活虽然艰苦，条件也差，吃的是粗粮，但每个学生都好学上进，身体健康，开心快乐地成长。

　　我的学习成绩一直都很优秀，在班上基本都是前五名，老师和同学们都喜欢我。然而，上到初二下学期时，我父亲突然停了我的生活费，连续四个月没给我支付读书费用，不让我继续读书了。后老师打听了解，才知道了我的家事，原本我有个温暖幸福的家庭，三岁时父母离异，母亲是个农家妇女不认字，离婚后无奈离开我，远嫁他乡。父亲在工作的地方另成新家，又育有两个妹妹和一个弟弟。父母离婚后我一直跟爷爷和叔叔家一起生活，直到我上初中的半年前，父亲全家老小才从外地搬回老家居住生活。因父亲一家人已回到身边，我才离开叔叔家跟父亲继母一起生活，但也跟叔叔家住在一个院子里，跟父亲一家生活了半年我就考上了初中。

　　因家里缺乏劳力，读书又要花钱，增加家庭负担，在继母的鼓动下，父亲不让我继续完成初中学业。父亲停了我生活费的四个月里，二伯和叔叔分别凑了两个月生活费，班主任也向学校申请助学金维持了两个月。加之，我的学习成绩一直都很优秀，老师和同学们都希望我继续上学。善良热心的班主任黄老师也想，我的父亲也是一名人民教师，这么优秀的儿子，怎么不让他继续读书？半途辍学真是太可惜！

　　于是，黄老师给我的父亲写了一封长信，让我看后，请我的表哥也是同级的学生邮寄给我的父亲。我只记得信中写道："陈老师，你好！我是小林的初中班主任，小林在学校学习认真，品学兼优。这样的好学生，不让他继续读书，实在是太可惜啦！你作为一名人民教师，连自己的儿子都不让读书，那当你遇到自己的学生家长不让孩子读书时，你怎么去做家长的思想工作啊！希望陈老师三思，让小林继续上完初中。农村的孩子只有读书，将来才会有出息。"我在学校老师和叔伯的善心帮助下，艰难地度过了四个月，我父亲收到黄老师的亲笔信后也深受感动，愿意继续支付给我生活费，让我能念完三年初中。

其实，我跟父亲和继母一家生活时，继母就有不让我继续读书的念头，只是碍于父亲是个人民教师的面子，加上我又喜欢读书、学习又好，就没有直接说出来。我跟父亲一家生活的几年里，学校放假时，我回家都帮着家里劳动，跟着继母一起帮村集体插过秧苗、割过谷草等挣取工分。因我年幼未成年，劳动一天只记一半工分。有时候下工休息了，还要割一担野草挑回家垫猪圈。有一次，割草还被镰刀伤到膝盖，也要忍痛一瘸一拐地把草挑回家。我虽然年纪小，个头也不高，但很听话，上山砍柴、敲地、找猪菜、挑猪粪、穿草席等家务、农活都做过。尽管如此，继母对我还是很不满意，觉得我是家里多余的人，经常给我白眼看。

学校放假，铺盖行李要带回家，收假开学又要将铺盖行李带去学校。记得有一次，刚上完初一上学期，下学期开学，我要返校读书，上楼捆被子时，继母指使弟弟和小妹捣乱，不让我捆被包。我弄好被子一头，弟妹又将它搅开，不让我将被子带去学校用。弟弟和小妹年幼不懂事，只听父母的话，不知对错。其实继母是因为从心底就想阻止我去上学才这样安排的，不然弟妹们很小，根本不敢阻拦哥哥做事。有些时候，中午我外出做事不在家，继母带着弟妹提前就把午饭吃完，将剩饭剩菜送到楼上，用柜子锁起来不让我吃，还告诉弟妹说没煮饭，我只有吃几个烧洋芋填饱肚子。

我同父异母的大妹，比我小六岁，性情温和善良，对我很友善贴心，家里的饭菜多半都是她做。记得有一次，我出门做事，继母领着弟妹吃完饭，将煮好吃剩的一半锑锅米饭藏在楼上的木柜下面，自己就出去做农活了。我回来时，只有弟妹们在家，大妹就偷偷告诉我，剩饭在楼上靠楼梯边的柜子下面，剩菜没有了，我便上楼盛了一碗米饭吃。还有一次，我吃饭时不小心将自己碗里的饭菜撒了一点在地上，继母看到我做错了事，气急之下顺手将我手里的饭碗摔在地上让狗舔。恰遇大伯家的二儿子——我的堂哥——来家里找我，看到我正在哭泣，继母还在痛骂我，旁边一条半大黄狗正伸长舌头舔舐地上歪斜的饭碗和残食。见到此状，堂哥什么都不敢说，只能悄声无息地转身离开。

我父亲放假在家时还好一些，当着父亲的面，继母也会收敛一些，不敢给我脸色看。父亲不在身边时，我的日子就有些难过，继母的所作所为，我也不敢跟父亲说，说了怕影响家庭和谐。再说，即便说了，父亲也不会相信我的话，只会相信继母。尽管如此，我也只能忍气吞声地将委屈往自己肚里咽。但我很有骨气又懂事，一边坚持帮家里干活，一边不忘自己的学业。我总是忙完农事家务就忙着写作业，从不耽误老师布置的功课，心里总觉得还是在学校读书好。随着时间的推移，在漫长的苦难中，我总算完成了三年的初中学业，顺利毕业。

1982 年 8 月初的一天，同村的陈姓村长碰到我的叔叔，对叔叔说："上面来电话啦！你侄子小林考上城里的学校了，具体哪所学校还不知道。通知他后天去沾益县医院体检，要两三天时间，不能误了。看样子他爹妈不会管他，只有你能帮他，给他点钱和粮票，让他先去体检。"叔叔高兴地急忙回家告诉我和继母。我初中毕业时刚好可以报考县一中的高中和曲靖中师。继母知道后，不但不高兴还对我说："有什么读常？你现在初中毕业，也是有文化的人了，村里记工分吃不着你的亏！家里没钱，不要去体检了。"我说："现在只是通知体检，还不知道考取中师还是高中，若考取中师以后就当小学老师，考取高中就继续读高中，我一定要去体检，不能错过。"继母噘着嘴斜视着我说："要去你自己去，家里没钱管你。"这样的结果还真被村长猜了个准。

第二天上午，我跟随继母一起参加村里小组的农事活动。午饭休息时，家里的饭菜还没熟，我上楼将身上的脏衣服换下，想去村旁塘子里洗净晒干，准备明天去县城体检时穿。然而，继母将猪圈里的粪草上了两粪箕，要我挑到村后自家耕地里去。见我双手端着一个装满换下衣服的瓷盆要去洗衣服，装好的粪草担子不打算挑送。继母怒上心头，一怒之下，将我手中的衣服连盆抢夺下，扔进猪圈里。

我放声哭诉着，从猪圈里把自己的衣服捡拾回来，并忍无可忍地随口骂道："老子不挑，老子就是要去洗衣服，洗完回来我再挑行不行？！"继母听到我咒骂她，还不听使唤，更是气得咬牙，说道："看我不打你！"她上前用手将我的嘴角撕得鲜血直流。我边哭边忍着疼痛继续去洗自己的衣服，住旁边的叔叔听到我的哭声，还见我的嘴角在流血，大声问道："你的嘴怎么啦？"我也顺口回答道："被她撕啦！"叔叔见我流着眼泪，嘴角流血，还端着衣服去洗，只能唉声叹气，也不敢再多问。

我哭着洗完衣服，准备回家晾晒吃午饭，路过二伯家门口。二伯母见到继母一家人早就把午饭吃完，锁上门带着弟妹们去地里干活了，便提前在门口等候我，见我迎面走来，将我喊回家里，对我说："她们早就吃完饭锁着门去地里了，你回去吃不到饭，就在我家随便吃点，填饱肚子，家里正好还有点剩余饭菜，够你吃的。衣服就晾在我家院子这根铁丝上，也好晒。"二伯母边弄饭给我吃边哀叹，真是个可怜的孩子，亲生父母不在身边就是不一样啊！

又过了一天，到了我要去县城医院参加体检的日子。叔叔通过昨天的事，知道只有他能帮到我，悄悄给了我五元钱和五斤粮票，让我安心地去参加体检，并嘱咐我坐通往城里的班车去，在城里该吃就吃，该住旅社就住，注意自身安全，好好配合医生进行体检，其他的事不要多想，体检完及时回来等待录取通知就行。我虽然已满15周岁，但还是第一次进县城，还好有十几个同班同学也接到体检通知，一起结伴而行，也不担心找不到体检地点和吃住的地方，更不觉得惊慌害怕。

在县城体检的几天，是我最开心的几天，跟同学们住在一个叫作东风旅社的旅馆里，二十多人住一间，单人单床在最底层，是价格最低的，一晚住宿费五角钱，还有蚊帐，住得还算舒服。在一个叫作人民饭店的大饭店里吃饭，饭店很大，可以容纳四五十人就餐。最好的菜是酸菜肉和回锅肉，每盘三角钱；汤菜是白菜豆腐汤，每碗一角钱；饭是每碗半斤粮票九分钱。叔叔给的钱，我每天计划着用，吃饱住好就行，尽量选择最便宜的。每餐饭吃一碗米饭、一碗汤，一天吃一次肉，回锅肉和酸菜肉换着吃。可以说，东风旅社和人民饭店是当时县城最大但价格最低的旅社和饭店。我跟同学们吃住在一起，体检也一同前往，结伴而行。在叔叔的热心帮助下，我顺利结束体检，返家等待消息。

八月中旬，我接到沾益县第一中学的正式录取通知书。这时，父亲也从外地调回老家工作，又遇上农村土地承包下放到户工作开始启动。当父亲看到我的录取通知书时，他认真地对我说："考上中师还可以去读，高中就不要去读了，土地包产到户，家里缺劳力，要在家帮助干农活。再说，村里有几个高中毕业生，不是也在家务农吗？这你也知道，读高中没有出息。"然而，我坚持要继续上高中。父亲说的也确实是事实，本村是有三四个沾益二中毕业的学生，我上初中时，他们早就高中毕业了，待在家里，我也认识他们。送父亲调动工作来家里的县教育局领导，还做我父亲的思想工作说："孩子学习好，考上高中想继续上学，这是一件好事，作为家长，你应该让他去继续读书，今后可以考大学，也会更有出息。

眼看高中入学时间只有十天了，我一再请求父亲让我去读高中，但父亲坚决不同意。当时的我，心中只有一个信念——要想走出农村，只有坚持继续读书才行。父亲看到不听话的我很坚定，于是就将我赶出家门，不承认有我这个儿子。

父亲因有事外出没在家，继母就请村里的会计和保管员来跟我分家，我的叔叔就是村会计。因全家人住在一间小瓦房里，继母对我说："看在你是你爹的亲生儿子的分儿上，将房子的一个角落分给你用，锄头、斧子给你一把，煮饭的锅碗瓢盆分你一套。"叔叔和村保管员见状，觉得我太可怜，也看不下去了，说这个家他们分不了，随即悄悄离开了。

下定决心想读高中的我，满怀信心地来到离家四五公里的舅舅家，把最后的一点希望寄托在舅舅和舅母身上，请求舅舅和舅母的帮助。唯一的亲舅舅和舅母不认字，但心地善良，一直都牵挂着我的成长。舅舅家是舅母当家，舅母很能干，是个热心肠的大好人。舅母听我诉说了一心想读书的情况后，立即领着我来到二伯家，召集二伯、叔叔和大伯家的大儿子一起商量我的读书之事。舅母说："小林是你们陈家的人，现在他爹那个没良心的不要他了，根本就不配当什么老师，他已成为一个孤儿。他一心想去读书，只有我们大家来想办法拉他一把，让他实现自己的读书梦想了。"

舅母还表态说，第一个月开学要交学费和书费，需要十多元钱，就从她家拿。之后，亲戚们每个月轮流给我生活费，我母亲那里和姨妈家，就由舅母去做工作。听了舅母的肺腑之言，亲戚们深受感动，都一致同意帮助我实现读高中的梦想。我也含着泪水找到自己的亲生母亲。母亲是改嫁之人，继父也善解人意，只是家境很困难。母亲对我说："三年供你读书供不起，只能等经济宽裕时帮衬一点，要交学校的粮食倒是可以保证。"在舅母的劝说和牵头下，亲戚们都同意帮助我圆梦。叔叔还说，小林的一亩多水田，单独分开，大家一起帮他耕种，交完公粮外，还可以卖成钱给他做上学费用。就这样，我才有了读高中的机会。

9月1日清晨，叔叔给我准备了一个装贵重物品和衣物的旧木箱，一床半新不旧的垫毯，一个吃饭用的瓷碗，还有一把锄头（学校要求带）。叔叔把我送到舅舅家，让大表哥送我去学校报到。舅母给我准备了十五元学杂费和一个月的生活费，还提前为我编了一床蒲草席。母亲给我赶做了一条黑涤卡裤子和一双剪子口布鞋。舅母早起做好早饭给表哥和我吃，大表哥帮我挑着简单的行囊，带着我走了二十多公里山路，在下午三点前匆忙赶到沾益一中，按时报到。

报到时，班主任吴文淑老师早已等候多时。她四十出头，身高一米六五左右，穿着浅灰色格子套装，方脸短发，看上去就是个慈祥善良的优秀教师。因为这一天是学校报到注册的最后一天，吴老师也很着急，其他新生都已报到了，唯独我还没来，不知是什么原因。吴老师看见穿着单薄的我终于来报到，很是高兴！还说，看录取成绩，我在全班四十二名新生中排第十名，怎么最后一天才来报到。表哥急忙向吴老师简单说了我最后一天赶来报到的原因，吴老师感到既惊讶又恼怒，并感叹道："怎么会是这样？"随后，吴老师顺便查看了我的行囊，发现连睡觉的被子和床单都没有，只有一床草席和旧灰毡，不禁摇头叹息！因我最后一天才来报到，床铺已满，只能安排我跟高年级学生同住一间宿舍，宿舍里住着高二年级和高三补习生。

过了一个月左右，冬季就要来临了。热心的班主任吴老师想起我连一床被子都没有，非常担心酷寒的冬季我怎么度过。吴老师思前想后，最终向学校汇报了情况，为我申请了助学金和困难补助，同时在同学中发起捐款和捐布票活动，打算顺便给教室也做点窗帘。在吴老师的帮助下，有的学生捐现金，有的学生捐布票，学校也发放了助学金和困难补助。约十天，吴老师就给我添置了崭新的被套、床单、棉絮、枕头、枕套及蚊帐全套床上用品。这让我睡得温暖、踏实，既能安全过冬，也能安心学习。另外，教室里也挂起了新窗帘。

读完高一上学期，我去舅舅家、姨妈家、大伯家、二伯家、叔叔家都拿过钱，基本轮完了一圈。记得第二次去舅舅家拿钱，舅母不在家，只有舅舅在，我又不好直接开口要钱，毕竟他们不是自己的父母，舅舅也没反应过来要找点钱给我。我含泪匆忙踏上返校的路。刚出村子，村里的一位妇女看到我流着泪水离开。舅母回家后，这位妇女将情况告诉了舅母，舅母问舅舅是不是小林回来过，舅舅说他是来过，但早回学校了。舅母还问舅舅有没有给小林钱，舅舅说没给，他也没说要钱。舅母焦急地责骂道："你们大男人就是粗心，他回来就是拿钱的，即使没说要，你也要找点给他，怎么还让他哭着回学校去？！"

着急的舅母，连夜在村里挨家挨户找左邻右舍借了几十个鸡蛋，装了满满一提篓，还准备了一小袋瓜子。第二天，天刚蒙蒙亮，舅母就约上姨妈家的大女儿，也就是我的表姐，结伴沿山路赶往沾益县城去叫卖。舅母卖完鸡蛋和瓜子，领着表姐只舍得每人吃一碗一角五分钱的杂酱米线当午饭，将剩余的钱全部给我做伙食费，她们又从县城原路返回家中。舅母还跟我解释说，舅舅粗心大意，不要责怪舅舅，有舅母在，好好安心读书。我含泪目送舅母返家，感恩的话语难以言表。

高一上学期结束。我心想，高中三年时间很漫长，要继续念完高中实在是太难了，恐怕很难坚持下去，但如果就此放弃学业，那将来更没有出路，不仅对不起自己的舅母和亲戚们，更对不起老师和同学们的热心帮助。于是，我突然想到父母离婚时，法院判决要父亲支付抚养费。父母离婚后，我不是跟叔叔家生活了十年吗？抚养费应该支付给叔叔家才对，我可以通过法律手段向父亲要回自己的抚养费。我来到叔叔家并跟叔叔说起这事，叔叔也说离婚时法院是这么判的，如果能通过法律手段要回抚养费，就将这笔钱给我上高中用。叔叔说，法院当时判决我父亲每月要支付五元的抚养费，每年60元，十年共600元，这些钱够我读两个高中了。

1983年3月1日，高一下学期开学。我下定决心准备去县人民法院状告亲生父亲。父亲是个人民教师，他每月都有国家支付给他的工资。我白天认真听课学习，晚上自习时间做完作业，就抽空写起诉状，当时根本不知道诉状怎么写。我只能写成申请书，足足写了二十多页，从记事开始写起，将自己的痛苦经历和求学之路及愿望全部写了出来；重点围绕《婚姻法》中规定的"父母对子女有抚养教育的义务；子女对父母有赡养扶助的义务。父母不履行抚养义务时，未成年的或不能独立生活的子女，有要求父母付给抚养费的权利"，请求法院帮助解决我的求学生活费用。申请书结尾还发出"救救孩子"的呼声。我在等待法院消息的期间，二伯家的大儿子（我的堂哥）来学校看望我，当时堂哥在省城一家报社实习。得知我的情况后，堂哥说，如果法院解决不了，就将诉状交给他，他可以将此事在报刊上曝光，让媒体来帮助我。堂哥离开时给了我五元钱和五斤粮票，还叮嘱我安心上学，说困难总会有办法解决的。

记忆中，1983年3月中旬的一天，我在走投无路的情况下，抱着试一试的想法，壮着胆子走进县人民法院的大门，亲手将申请书递交给了县人民法院的收发室。收发室值班的工作人员简单翻阅了申请后，对我说："你爹是个老师，怎么会这样对待自己的儿子，本来你不满十八岁，没有公民权，但你这个案子很特殊，我们受理了，会及时展开调查，回去好好读书，等待通知吧！"我说了声"谢谢叔叔"，就离开法院赶回学校上课。回校的路上，我思绪万千，不知道这次到底有没有希望。按法官叔叔说的，既然他们接受了申请，就算是受理了案子，应该会有个结果才对。不过，也只能走一步算一步了。

没过几天，县人民法院的法官们真的展开了调查。记得有一天，姓赵和姓舒的两位男法官来到家里了解情况，继母给他们每人煮了一碗鸡蛋面。因继母也姓赵，还叫弟弟妹妹们向姓赵的法官喊舅舅。两位法官吃着热乎的鸡蛋面，同时指责我说，孩子要听父母的话，父母骂了要听着，打了要蹲着，不能顶撞大人。我看在眼里，记在心上，虽然心里憋屈，但是不敢说话，这也许是面条的作用吧！或许大人们说的、做的都是正确的。小孩无论怎么做，大人都能挑出毛病，对也可以说成错，错也可以说成对。或许，来家里调查的两位法官并不知道所有实情，这也不能怪他们。

三月末的一天晚自习，班主任吴老师拿着我写的起诉申请，走进教室来到我的课桌前。她将起诉申请递给我看，并对我说："看来你已经走在前面啦！法院都调查到学校里来了，你看村上、村委会、公社、原来的学校等都盖满了公章，看来法院要帮助解决了，应该有希望！"我心存喜悦又忐忑不安，真不知道这场官司能否打赢，目前我只能耐心等待。

1983年4月10日，法院通知学校，要我第二天去县人民法院民事庭参与调解事宜。吴老师高兴地告诉我和同学们，明天下午两点钟她和李清海校长要陪我去县人民法院协助解决我的事，同学们就上自习等着好消息。第二天下午，我在李校长和吴老师的陪伴下准时来到县人民法院民事庭。民事庭在一幢小楼里，法官们安排我和李校长、吴老师坐在进门右边靠墙的一把横条木靠椅上；父亲和继母坐在对面的一把靠椅上，姓保的庭长和一位书记员坐在正前方办公桌旁。整间民事庭就像一间会议室，因为是调解，所以像座谈一样，没有审判那么正规严肃。父亲身着一套半新不旧中山装，脚穿一双翻毛皮鞋，还挎着一个脏得发亮的帆布包；继母也穿得比平时差了很多，看两位的穿着打扮就知道他们是故意卖穷。

保庭长主持调解事宜，叫我先说说状告父亲的缘由，我按照自己写的诉状内容做了简单复述。然后，班主任吴老师介绍了我刚到学校报到时的场景、现状和寒酸样子，连铺盖行李都没有，还是学生捐款、学校帮助解决了学费等；李校长介绍了学校的学费、伙食费等相关情况，并说："学校伙食饭菜分开，分米饭和苞谷饭，菜的品种也有几样，每顿都有肉，即使不吃肉，每个住校学生吃饭最低每月也要十元钱。早点吃个烧饵块八分钱，每月也要两元多钱，还不要说吃一角五分钱的杂酱米线。学生不吃早点不行。再买点笔墨纸张、牙刷牙膏，衣服裤子破了缝补等至少每月都需要十五六元钱才够用。"父亲最后发言时，主要就是叫穷叫苦，说家里没住房要买住房，人多开销大，自己的工资不够用等。

最后，保庭长根据法律和双方的实际情况进行沟通调解。保庭长说："法律有规定，父亲不负责儿子生活费是不行的。算了！小林每月最低生活费十元钱，他正处于长身体的时候，不吃早点也不行，早点就吃个烧饵块，每月两元四角钱，那四角钱星期天就不要吃了，每月你支付小林12元钱生活费，你们想想是否同意？"我和父亲左思右想后，都表示同意保庭长的调解意见，法院还要求我父亲拿出五元钱给我，父亲说身上没有了，要出去借，法院同意父亲第二天将钱送到民事庭，我按时间去取。保庭长还说我们是父子关系，每月父亲发工资按时将生活费汇款给我就行，判决书会及时下达。

继母听到保庭长宣布调解判决结果后，恼羞成怒、气急败坏地坐在地上哭喊道："你们解决了他们父子的问题，还要帮我解决问题，我要跟他离婚。"保庭长见状，急忙横下脸严肃地对继母说："今天是调解小林告其父亲一案，与你无关，你没有发言权，要闹你滚出去闹，再闹就叫法警将你拖出去。"这时继母才不敢再哭闹，跟随父亲灰溜溜地离开了法院。我也跟随李校长和吴老师回学校继续上课。回学校的路上，吴老师还跟李校长和我说，一两个月前县教育局组织全县教师开大会，她还抽空找过我父亲说我的事。吴老师跟我父亲说，我是个懂事的孩子，学习很刻苦，成绩也很好，叫父亲每月给我十元钱生活费就够了。这十元钱也只是父亲每月工资的零头，但父亲不同意，还说有我叔叔、大爹和舅母、姨妈们，不用他管。吴老师摇头跟我说："这下好了！你父亲是敬酒不吃吃罚酒。"

在学校和老师的帮助下，法院也下达了调解判决书，我读高中的生活费算是有了着落，可以安心读书了。判决书上也记载着我父母离婚的时间和对我抚养费支付的判决要求，这都是法院要归档记录的。然而，这次法院判决后，我父亲只汇给我四个月生活费就没再继续汇款，我多次到收款银行查询都无消息。我没钱吃饭，无奈之下又继续找法院帮忙。法院了解情况后，为了保证我能按时领到生活费，直接给我父亲所在的学校下发了扣款的法律文书，要求学校每月发工资时从父亲工资中扣除 12 元做我的生活费，我可以直接去拿钱。我父亲的学校领导收到法律文书后，为了慎重起见，立即召开教师大会，当着全校教师宣布法院的通知书，发工资的老师这才敢扣留父亲的工资。发工资的李老师也是个热情善良之人，我找李老师拿了一个月钱，他就告诉我以后不要来回跑路了，不仅耽误学习还要出车费，他会自己出汇费将钱汇到我就读的高中给我，让我安心地完成自己的学业。

我的生活费得到了解决，但还有每月要交的十九斤粮食没解决。我找过法院，但法院认为解决了钱的问题，粮食问题不好再帮助解决，只能靠我自己想办法。我还得继续向亲戚们求助。当时的农村虽然已包产到户，但公粮还必须得交，每家的粮食交完公粮后基本只能够全家人吃，不过粮食总比钱好找，只要我开口，给过我钱的亲戚们都会想办法给我粮食，只不过都是苞谷。此外，班主任吴老师也经常用自己家节省下来的粮票购买饭票，给我买米饭吃。吴老师用粮票购买的饭票全是米饭票，学生用粮票购买的饭票却是米饭票和苞谷饭票各一半。

我状告父亲的案子算是赢了，但这让父亲和继母很没面子，很不高兴。学校放假回家时，父亲和继母更没给我好脸色，父亲还谩骂道："这里不是你的家，你不是咱们陈家的人，你死后不能上祖坟，你回来干啥？我的脸都被你丢尽了，说大点全中国，说小点全县，哪有儿子状告父亲的。"我回答道："我也是没办法才这样做的，我要读书和生活。再说，我妈只是个农民，而你是老师，原本法院也判过要你出抚养费的。"说来也是，当时我状告父亲的案子确实很特殊，很少见，在全县也引起了强烈反响。好多人不熟悉我及我父亲，但这个案子一直在民间流传了好多年，人们都敬佩我的勇敢。因跟父亲和继母不和谐，我也只是偶尔回家。对于我来说，最难熬的时间就是每年的寒暑假，自己有家不能回，多数时间都是去舅舅家、姨妈家和母亲家，就像个流浪儿一样，一家待上几天，开学后就返校继续读书。

转眼间，三年的高中生涯就快要结束了。为了冲刺备战高考，学校需要统一购买很多复习资料和练习题，我没有多余的钱，只有回到村里找村领导担保，向信用社申请贷款。我跟专门管担保贷款的村领导说明情况，自己读书急需贷款 60 元，只要自己活着，这辈子总能还清。本来按当时的贷款政策，要家庭户主才能贷款，我是学生，不能贷款。全村人都知道我的情况和遭遇，村领导和担保人更清楚我的事，都深表同情也愿意帮忙。担保人看我很实诚也有决心，并且已满 18 岁了，就帮忙让我如愿贷到了款。

1985 年 7 月 7 日，高考来临，高考是决定每个学生命运的转折点，每个学生都很紧张，我也是又紧张又恐惧，生怕自己考不好、发挥不正常，急得几天没睡好觉。最终，高考成绩发布后，我还真是没正常发挥，平时考试和摸底测试，好几个比我成绩差的同学，高考成绩都比我好，多数人考上了大学，我只考上了中专。还好总算考上了，也算是苦尽甘来。读中专所有费用都由国家负责，连户口都能转为城市户口，毕业同样包分配工作，往后的生活可以说衣食无忧了。我高兴地流下泪水，爷爷、舅母、叔叔、母亲和班主任吴老师激动得热泪盈眶，老师、同学和帮助过我的亲人们更是为我感到自豪，纷纷对我说，苦命的孩子总算熬出头啦！

我考取的是曲靖地区的财贸学校，学习会计专业。两年的中专生活，让我再也不用担心自己的吃住问题，还可以参加学校的勤工俭学活动，挣点零花钱。从此，从小寡言少语的我也逐渐开朗活泼起来，学习成绩优秀，专业课也学得很扎实，毕业后分配到一家国有企业工作，工资收入也很好。

参加工作后，我的人生发生了翻天覆地的变化，工作的第一年就还清了读书时的贷款。自己的工作和生活顺风顺水，工作六年就当上了中层干部，加入了党组织，还取得了本科文凭。

在我看来，自己艰难的求学路算是结束了。特别是初中和高中时期，六年的中学阶段两次差点被迫辍学，凭着坚强的毅力和勇敢，经历了常人无法想象的困苦与辛酸，我才艰难地完成学业。

在求学道路上，有缘遇到好老师、好同学和好亲戚，处处遇到贵人相助，这是我一生的福分。对于帮助过自己的恩人，我一辈子都不会忘记。说到亲生父母，我曾经怨恨过、痛恨过，不明白他们为什么不养自己，还让自己的求学路有那么多坎坷，更没有让自己体会过什么是父母之爱、骨肉亲情。

尽管如此，但是我不再怨恨自己的亲生父母了，包括继母也不恨了，反而有点理解他们。虽然我跟他们没有什么感情，但平时也有往来。父母毕竟给了我生命，把我带到这个精彩的人世间。父亲是个文化人，他有自己的难处，照顾了我，新的家庭就会有矛盾，或许父亲就是个"妻管严"吧！母亲是个不认字的农村妇女，为人忠厚老实，婚姻的破裂导致她不能把我带在身边，更无条件供我读书。继母争强好胜、做人做事缺乏考虑，眼里容不下别人，也许是太年轻吧！

艰难的求学路，让幼小的我经历了磨难，吃尽了苦头，流下了无数泪水。是求知的欲望和坚强的毅力支撑着我，是身边的好人帮扶我，才让我学会勇敢与面对，变得无比强大。

我后来认为，艰难求学路是自己人生中最宝贵的财富，它让我懂得了人间的真善美，好人自有福报，先苦才有后甜。艰难的求学路，让我终生铭记，并永远激励我在往后的生活和工作中勇往直前。我也会珍惜自己来之不易的美好生活，也相信未来的一切会越来越好！

（作者的初中毕业集体照，1982 年 5 月拍摄）

第二辑　感受亲情温暖

记忆中的爷爷

我记得那是 1987 年秋末的一天，我突然收到老家发来的一封加急电报。打开邮递员送来的电文，上面写着短短几个字——你爷爷过世了，请速回。噩耗传来，我最敬爱的爷爷过世了。

那时的我刚参加工作两个多月，工作的地方在乡下的烟叶收购站，离老家有 100 多公里，交通也不太方便，回趟家要转四五次车。当时正处于烟叶收购的旺季，工作比较繁忙。顿时，我的脑子里一片空白，泪水情不自禁地夺眶而出。我心想，怎么会这样？爷爷的身体不是一直都很好吗？原本计划等烟叶收购结束后，回家看望爷爷。于是，我急忙给领导告了假，买了八条香烟，匆忙乘车往老家赶。

当我辗转两天到家时，才发现爷爷已经过世四五天了。爷爷的遗体早已入殓，安静地停放在叔叔家的老屋。大门关着，多数家人都出去采买丧事用品去了。我推开大门，跪在爷爷的灵柩前，哭得稀里哗啦，双手也感觉一阵麻木，应该是爷爷知道他最疼爱的孙子赶来看他了。我还责怪家人，怎么不早告诉我？叔叔说，因情况特殊，在爷爷过世的第三天，他才派人到县城发的电报。我告诉叔叔，我带回来的香烟单独用在爷爷的丧事上，算是为爷爷最后做点事。叔叔说，烟可以用在丧事上，但必须记在我父亲的名下，爷爷有四个儿子，丧事开销四家人平均承担，这是农村的规矩。

我后来才知道，爷爷走得很突然也很安详，没有病痛，而是一觉睡去就没再醒来，吃早饭时叔叔才发现他已经咽气了。爷爷走的时候刚满 78 岁。爷爷生前有四个儿子，十一个孙子，八个孙女，最疼爱、最牵挂的人就是我。我是爷爷从小带大的，因我的父母没在身边，我就是爷爷的心肝宝贝。后来，爷爷亲眼看到我顺利完成学业，由农村户口转为城市户口，走上了工作岗位，他老人家也许不再有任何遗憾，所以走得很安静、很祥和。

爷爷的音容笑貌和跟爷爷在一起的生活点滴一直铭刻在我的心中，让我终生难忘。记忆中，爷爷身高一米七左右，头发发白，下巴留着十多厘米长的白胡子，我经常用手去摸他的白胡须玩，爷爷总是乐呵呵地看着我。爷爷总是常年穿着长衫，出门或上山放羊时，他就将长衫下半部分卷起，紧紧地缠在腰带上。爷爷帮生产队集体放羊十几年，为家里挣取工分。爷爷一直头戴一顶护耳冬帽，也会抽烟，但抽的是老旱烟，有时别人发卷好的纸烟给他，他舍不得当场抽，还会将纸烟插在帽子上，有点零花钱也会藏在帽子里。爷爷耳聪目明，心肠好，和善，只是脾气有些暴躁，嗓门有点大。他在村里威望很高，是十里八乡的大好人。

在我的记忆里，爷爷一直带着我跟叔叔一家生活，吃、住、睡都有爷爷在身边照顾和呵护我。当村里的大人小孩欺负我的时候，爷爷总会第一时间到场，将对方臭骂一顿，并认真教育一番。记得我上一年级时，大伯家的二儿子——我叫他堂哥——上三年级，但和我同在一间教室，我们那时候的学校人少教室少，通常都是几个年级并在一间教室上课。堂哥打骂我，爷爷知道后，赶到学校将堂哥骂了一顿。还有，村里不管哪家宰杀年猪，都会请同族亲人和年长老人吃饭，爷爷总要带上我一同前往。外出吃酒做客，亲戚给他的糖果、炒瓜子、炒玉米、小粑粑，他舍不得自己尝一口，全都带回家给我慢慢吃。家里好吃的饭菜，爷爷也总是让我先吃个够。

当我开始上学，爷爷便时刻教导我，要听老师的话，认真读书，要跟同学们友好相处，不能打架闹事，更不能下水游泳。爷爷总把我当成家中宝贝，生怕我出现什么闪失或发生安全事故。上初中、高中时，我都要住校，每月放假和寒暑假回家，爷爷见到我总是嘘寒问暖，开学也要千叮咛万嘱咐。等我上了中专，爷爷已经七十五六岁了，但依旧耳聪目明。看到我已长大成人，成熟稳重，将来会有自己的工作和事业，他叮嘱得也就少了些，只是简单说要努力工作，要有出息，不要乱花钱，要把自己照顾好。

爷爷去世的时候，我刚好有了自己的工作，每月有工资领取，算是自力更生、衣食无忧了。爷爷为我操心劳累了一辈子，本想可以买些好吃好穿的孝敬爷爷，让爷爷享受美好生活，安度晚年。没承想，好日子刚开始，爷爷就离开了我，不给我机会孝敬他老人家。现在回想起来，我心里非常遗憾和愧疚。

如今爷爷已经走了三十多年了，我也已是年过半百之人。与敬爱的爷爷只能偶尔梦里相见，虽然有些模糊，但爷爷永远活在我的心中。爷爷是个慈祥的人，没有爷爷的关爱、呵护、照顾，就没有我的过去、现在和未来。

记忆中的爷爷让我终生难忘。祝敬爱的爷爷在那一边一切安好！您的孙儿永远怀念您！

（作者的爷爷奶奶，此为作者于 2016 年 9 月 19 日翻拍的旧照片）

感恩舅母

2021年9月30日，我自驾前往云南滇东乡下姨妈家，吃表哥儿子的结婚喜酒，并顺便看望我的舅母。我只有一个舅母和一个姨妈，舅母家和姨妈家就住在同一个村子。村子不算大，只有五十多户人家，通村道路弯多狭窄，但都是水泥路面。这里风景秀丽，空气清新，适合养老，是标准的边远山区。

我的舅母在这里生活了一辈子，现已八十六岁高龄。

当我到达村子，在村旁找到一块场院停好车，朝着姨妈家走去时，恰遇舅母手持拐杖迎面缓步而来。我急忙上前问道："舅母，您要去哪里？"舅母眯眼望了我片刻，问我："你是哪个？"我急忙回答道："我是你的外甥，来姨妈家吃酒，并来看看您。"

此刻，舅母听到我的声音才认出了我，并跟我说她身体有点不舒服，要去村委会的卫生所买点药。舅母叫我赶快去吃酒，好多客人早就到了，她自己去买药，不用管她。舅母看上去身体还算健朗，腰也不弯，只是视力和听力有点差。我坚持陪舅母去卫生所，当我搀扶着她来到卫生所时，医生们都认识她，看样子舅母经常自己去看病买药。卫生所就在村边，离舅母家只有200多米。

医生问舅母："上次拿的药吃了效果好不好？"舅母对医生说："效果好呢！我想再拿点，连上次的药钱一起付。"舅母还很自豪地向医生介绍我，说我是她的大外甥，在外面工作，是有单位的。医生开好药，付钱时舅母不让我付，说她有钱。我跟舅母要她的身份证看一看，舅母从怀里摸出一个泛黄的小钱包递给我，我打开钱包拿出身份证，才知道舅母是1935年12月出生的，名叫梅金兰。我又翻看她的钱包，里面只有二十多元零钱，我急忙将药费用微信支付完，并偷偷在她的钱包里放了200元现金——本想多放点，无奈身上现金少——然后将钱包还给舅母。舅母对此很感激地说："药钱你也付了，还要放钱给我。"我告诉她，这是我作为大外甥的一点孝心，让她收下。

买好药，我搀扶着舅母一起去姨妈家做客吃饭。

虽然我的舅母从未读过书，不识字，但她聪明能干，还会算账用钱。年轻的时候，她编制草席、手搓绳子卖钱，甚至还上山采摘香树叶，将其烘干碾磨成粉，用手滚制成香货背到集市卖钱贴补家用。舅母是十里八乡都称赞的女强人和大好人，待人和善，敬老爱小，是一家之主和顶梁柱。她和舅舅恩爱有加，养育了三个儿子，一家人住在一个四合院里，幸福美满，儿孙满堂。在我小时候，因为母亲常领着我去舅母家，所以我对舅母家很熟悉亲切，舅母的仁慈和善及对我的偏爱袒护远超对自己的亲生儿子。后来，由于我父母离异，我在叔叔家生活，跟舅母一家的关系也就断了好些年，但心里还时常牵挂和想念着。舅母不仅是我的长辈，更是我一生的恩人，在我最为困难的时候，是舅母省吃俭用、伸出温暖的双手帮助了我。

我记得，1982 年 8 月初，我以优异成绩考入县第一中学的高中，并接到了录取通知书。当年恰逢农村包产到户，父亲不让我继续上高中，说读高中无用，村里就有好几个高中毕业生都在家种地，加之家里缺劳动力，土地种不过来，死活都不让我继续上学。但我认为，要走出农村，只有读书才行，我坚决要继续读书。父亲看我决心已定，不听他和继母的话，就直接把我赶出家门，不认我这个儿子了。

我含着泪水，翻山越岭去到自己的亲生母亲家求助，但母亲说高中三年时间长，她现在的家庭也很困难，供不起我上高中。

在我几乎绝望之际，将最后的希望寄托在了舅母身上。我又来到舅母家，将我想继续读书的想法向舅母倾诉，请求舅母帮助和支持。于是，舅母带上我来到二伯家，召集二伯、叔叔和大伯家的长子，一起商量供我读书之事。

当时，舅母对亲戚们说："外侄子是你们陈家的人，他一心要读书，他爹是老师，拿工资不管，他妈是农民，没能力管，他已成为一个孤儿，只有我们大家来帮帮他，让他继续读书。"舅母还主动说："他亲生母亲和他姨妈那里，我去做工作，开学第一个月交的费用多，我家出，以后大家按月轮流给钱，供他继续上学。"

在舅母苦口婆心地说服下，大家终于达成了一致意见，让我实现了继续读高中的愿望。舅母安排大表哥带上行囊，送我到县一中报到。在舅母的热心帮助和亲戚们的慷慨支持下，我才有了继续求学的机会，不然我就只能成为一个庄稼汉。

记得读了一个学期，轮完一圈，我来到舅母家拿钱，舅母没在家，只有舅舅在家，我又不好意思开口要钱，舅舅没反应过来我是来拿钱的，就没给，我只能默默地流着眼泪离开舅母家返回学校。刚出村子，就被一个同村的女人看到我伤心落魄的样子，她将情况告诉了舅母，舅母回家将舅舅训斥了一顿。舅母说舅舅大男人就是不细心，外甥儿回来即使不开口要钱也要借点给他。舅母心急之下，连夜挨家挨户借了一些鸡蛋和一些瓜子，第二天，天刚蒙蒙亮，舅母就约上姨妈家的大表姐，一同赶路到县城，将鸡蛋和瓜子卖成钱，自己只舍得吃一碗两角钱的米线当午饭，将所有卖货的钱留给我做生活费。舅母还跟我说，舅舅太粗心了，男人就是这样，叫我不要怪他，还让我好好念书，不要分心影响学习，生活费不要着急，她和亲戚们都会尽力帮我。

还记得，舅母80岁大寿那日，来了好多客人，饭菜都已上桌，舅母就是想着我，我不到场便不允许家人燃放鞭炮。当我到场时，舅母喜出望外。从小到大，包括我参加工作后，舅母总是一直牵挂着我，怕我挨冻挨饿，担心我的工作不顺利，担心我的小家庭不好。

我工作后，经常去看望舅舅和舅母，每年也会买些好吃好穿的孝敬他们。但舅母对我的关心帮助和牵挂，我一辈子也回报不完，叔伯及姨妈们对我的帮扶支持也让我无法回报，只能从心底感恩他们对我的帮助、支持和厚爱，感恩他们在我求学无助时的大恩大德！

岁月流逝，我已是半百之人，舅母也已86岁，年事已高，叔伯们也因病早早离开我几十年了。现在回想起来，我的高中求学之路仿佛就在昨天，让我刻骨铭心。可以说，舅母对我的爱远超于父母之爱。

要不是舅母的无私帮助，以及叔伯等亲人们的慷慨解囊，就没有我现在的美好生活与工作。在我人生的重要关头，舅母伸出温暖的双手，想尽一切办法帮助了我。我敬爱的舅母才是我人生中的恩人和贵人，我自己和我的家人将永远铭记舅母的恩情与厚爱。

在此，我要再次衷心感恩舅母，祝福舅母，祝舅母健康长寿，晚年幸福！

（作者的舅母）

（作者与母亲、舅母、妹妹及妹妹的两个孩子一起合影留念）

三哥突然走了

2021年3月的某晚八点三十分，我的电话突然响起，一个噩耗传来。电话的那边传来小弟急促的哭诉声："哥！三哥走了，走得很突然、很意外……"这个电话让我欲哭无泪，彻夜难眠，心想怎么会这样？三哥才五十有六，连花甲之年都不到。上天怎么会这样对他，真是太不公平了。

三哥是我二伯家的三儿子，大我一岁，虽是我的堂哥，但我们从小一起长大。我们一起开心地玩耍，一起上山挑过柴，捡拾过野生菌、抓过松毛、放过羊、做过农活、打过小坝、游过泳，有好吃好玩的都一起分享。我俩感情很深，像亲兄弟一样，他甚至还救过我的命。上次回老家见到他时，我和他还回忆起这件终生难忘的事。

记得我上小学五年级时，有一天放学后，我俩一起上山挑柴。在回家的路上，经过一个叫作白坡水库的小型水库，当时太阳还没落山。我俩挑着柴走到水库堤坝尽头处时，放下柴休息了一会儿，突然想游泳，于是我俩下到水库一拐弯处游泳。那时的我们最喜欢游泳，每年插秧，水库放水泡田，我们还会在水流湍急的大沟里顺着流水游泳。

这次在水库里游泳，对于我来说，真是惊心动魄，甚至差点丢了小命。我的水性没三哥好，三哥游了几个来回，在坝对面半山坡处休息。游泳的弯处也不算太远，直线距离有七八十米，但中间是一个沟槽，足有四五米深。当我游到水中央时，身子往下沉，我双手一直往上扒拉，想浮出水面，但始终无法上浮，大概挣扎了两分钟。

突然有一只手将我拉上了水面，上岸后，三哥跟我说，他看到我整个头沉入水中，只有两只手露出水面摇晃，他还以为我在潜水玩。又过了十几秒钟，他觉得我不像在潜水，于是他急忙游入水中，抓住我的一只手，将我拖向岸边，我才脱离危险。我还跟三哥说笑，要不是三哥拉我，我可能命都丢了。这件事让我终生难忘。要不是三哥急中生智救我，抑或再晚几分钟拉我，我可能就真的没命了。所以，是三哥救了我的命。

现在，三哥突然离开了我们，而且是永远地离开，再也不会醒来。他走之前，还在帮邻村的熟人家办事，并且是在野外山上，没有一个亲人在身边，连一句话都没留下。三哥一辈子生活俭朴，勤俭持家，为人忠厚，孝敬父母长辈，教子有方，一对儿女都是大学毕业。他几十年来，总是帮邻里乡亲做善事、好事，是十里八乡出了名的大好人。如今，他被病魔夺走了年轻的生命，而且走得那么快、那么突然，真是让人心疼。

三哥的突然离开，让我深刻地认识到一个人生命的脆弱和可贵。我们每个人都要珍惜生命，爱护好自己的身体，有病及时医治，无病早预防，身体健康最重要。人生不过三万天，千万别让病魔染。人生自古谁无死，悲叹亲人太早逝。

三哥走的这几天，我的心像刀割一样难受，我俩的往事像放影片一样在脑海里浮现。我悲叹道："自幼情感几十年，突然离别肝肠断。小大同甘共苦乐，谈笑风生趣事多。可惜上天不长眼，阴阳两隔难回天。山的那边好安息，亲人永远铭记你。你就放心地走吧！再苦再难不趴下。我们都会好好活，幸福日子正等着。"

三哥走了，走得那么安详，走得那么突然，可我心里不安。一个大活人怎么说没就没了，三哥这一走，给小弟和亲人们留下了撕心裂肺的伤痛。三哥辛苦了一辈子，操劳了一辈子，助人为乐一辈子。也许他真的累了，自己的身体透支太多，实在是撑不住，想好好休息了。这次突发疾病让他真的永远休息了。愿三哥在遥远的天上安息吧！一路走好！

我的高中班主任

　　近期，高中时期的学习经历经常在脑海里浮现，也许是自己已经老了，开始喜欢回忆往事了。班主任吴文淑老师的慈祥面孔，让我记忆犹新。记得1982年秋天，在舅妈、叔伯亲人们的热心帮助下，大表哥带着我徒步三十多公里来到原曲靖市第二中学（现为沾益区第一中学）报到。

　　当踏入学校大门时，班主任吴文淑老师亲切地问道："你就是陈国林同学吧，你的录取成绩在我们四十班四十二名同学中排第十名，怎么最后一个来报到？"表哥很为难地向吴老师说明了我的情况后，吴老师感叹道："原来是这样！"说完，她看了我的行李，只有一床半新不旧的垫毯——农村人叫作灰毡，一个旧木箱子、一把锄头、一个瓷碗和一双木筷。垫毯、箱子和锄头是小叔给的，还有一床蒲草席是舅妈编制的，还有母亲亲手做的一条涤卡布料新裤子和一双剪子口布鞋，舅妈给的十五元学杂费和伙食费。其他什么都没有，吴老师感到很惊讶。

　　班主任吴老师40岁左右，身高一米六五左右，留着一头短发，身穿一套浅灰色格子套装，穿着朴素大方得体，看上去就是一个慈祥的母亲、一个和蔼可亲的优秀教师。由于我是最后一个来报到的新生，只能被安排到高二年级的宿舍里住宿。吴老师亲自带着我到宿舍安排床铺，宿舍里已住着一些高年级学生和高三补习生，三十余名学生同住一间集体宿舍，因我个子小就安排我睡下铺，方便一些。后来，吴老师了解了我的家庭情况，知道我父母离婚，目前跟着父亲生活，父亲是个小学教师，因新的家庭关系，父亲不让我读高中，但我坚决要继续读书，是叔伯、舅舅、姨妈们轮流凑钱让我来上学。

　　冬季来临，吴老师看到我没有过冬的被褥等床上用品，及时向学校申请到助学金，倡议班上的同学们捐献布票，给我购置了被褥、被套、床单、枕头等全套过冬防寒的床上用品。有的同学还给我零花钱、粮票和饭票等。吴老师也有两个儿子，小儿子跟我差不多大，她看我穿得很单薄，就将她小儿子的一些衣裤送给我穿。班上几个家庭条件好的同学也会送我衣服，还有的邀请我去他们家吃好吃的饭菜。

学校的伙食分为苞谷饭和米饭两种，每月粮食 30 斤，国家补助 11 斤，学生要自己从家里带 19 斤粮食上交才能买到饭票。交苞谷就吃苞谷饭，交大米就吃米饭，学生用粮票买饭票一样一半，老师用粮票买饭票全是米饭票。吴老师每月隔三差五就会用粮票买一些米饭票给我打饭吃。每个月的生活费最少也需要十元才够用，我的生活费和上交的粮食基本都是亲戚们轮流给的。听吴老师说，有一次县里召开教师会议，她还专门找到我父亲，与其沟通我在学校读书和生活的情况，希望父亲每月给我十元生活费。十元钱只是父亲当时工资的零头，可父亲狠心地跟吴老师说，他不管，孩子的叔伯亲戚们会管，吴老师感到很无奈。

当我读完高一上学期，亲戚们都给过钱了，我又不好意思开口向他们继续要钱。实在没办法了，我就写了一份申请书（当时不懂写诉状）交到沾益县人民法院，请求法院帮助解决上学、生活等问题。法院接到我的申请书后，及时展开了情况调查，调查到学校时，吴老师找我说："国林，你已将你的情况写申请给法院啦？"我说："是的，吴老师！我实在没办法了，没有生活费无法坚持上学，只能找法院求助试试。"吴老师说："哦！看来法院要帮助解决了，都派人到学校调查了。"

吴老师还将我写给法院的申请书拿给我看了一下，只看到最后一页空白处，盖满了村、村公所、公社、教育局情况核实后的红色印章。后来，法院通知我去调解，吴老师又邀请李清海校长陪我一起去。调解时，李校长和吴老师分别介绍了我在学校的学习生活情况，最终法院判决每月从父亲工资中扣除 12 元，汇到学校给我做生活费，直到 18 岁。在学校和吴老师的亲切关怀及同学们的热心帮助下，我才能顺利读完高中、考上曲靖地区的财贸学校，最后顺利走上工作岗位。

三年的高中生涯，吴老师对我就像对待自己的亲生儿子一样，学习上谆谆教导，生活上关怀备至。她给我的爱是父母对子女的爱、老师对学生的爱。

在我的人生中，她既是我终生难忘的恩人，也是我的贵人。有时候同学们还会跟我开玩笑说："你吴妈对你真是好！"说实话，我也真心想叫吴老师一声吴妈，只是自己没有胆量和勇气。然而，我在心里早就把吴老师当成自己的亲人长辈了，吴老师对我的爱超过了我的父母，父母只是给了我生命，却从未养育过我。可以说，如果没有吴老师，就没有我今天的理想工作和幸福生活。工作后，我也去看望过吴老师几次，见到我，她总是像以前一样嘘寒问暖，关心我的工作、学习、生活及家庭。后来，吴老师退休后跟她的爱人潘老师到昆明生活了几年。前段时间在公园散步时，我还遇到过吴老师和潘老师，两位老人都八十多岁高龄了，看上去身体还很硬朗，精神状态也不错。

虽然高中生活已经过去了 35 年，我也年过半百，但高中时期的艰难岁月和吴老师对我的关爱让我终生难忘。在我人生最艰难的时候，是她给了我继续学习、生活的信心、勇气和鼓励，是她给了我温暖和阳光，让我茁壮成长。同时，我的高中母校沾益一中让我得到了人间温暖和党组织的关怀。

虽然我的高中生活只有三年，但对于我来说是很漫长又煎熬的。如果没有班主任吴老师和同学们及至亲的关爱与帮助，也许我早就坚持不下去退学回家种地了。现在回想起来，吴老师真是一个慈悲的大好人，她是我一辈子的恩人，我一辈子都忘不了她。在此，我衷心感谢敬爱的吴老师和学校领导及同学们对我的关心厚爱与帮助！

最后，真诚祝愿我的高中班主任吴老师健康长寿，阖家幸福！同祝我的同学们工作顺利，万事顺意！更祝我的高中母校沾益一中蒸蒸日上，人才辈出，为祖国的教育事业做出新的贡献。

（作者的高中毕业集体照，1985 年 5 月拍摄）

（作者的财贸学校毕业集体照，1987 年 7 月拍摄）

我的高考前最后一堂课

2019 年，高考的第一天恰逢端午节，我在妹妹家过节，刚吃午饭就看到微信朋友圈里转发着上午结束的语文考试作文题。作文题是要求阅读漫画材料写一篇不少于八百字的文章。漫画是毕业前最后一节课，老师说："你们再看看书，我再看看你们。"此时此刻，我突然想起 1985 年时自己高考前最后一堂课的场景。当时我是沾益一中高四十班的一名文科毕业生，都过去 35 年了，如今的我已年过半百。但自己高考前最后一节课的场景仍历历在目，终生难忘。

当时高考前的最后一堂课是语文课，班主任吴老师说："今天是你们高考前的最后一节课，你们自己看看书，我也不想讲课了，只想再看看你们。考试不要紧张，要认真审题，想好再落笔，正常发挥就行。"课堂上，42 名同学中没有一个人出声，没有一个人抬头，一片安静。

我自己当时心里感觉有一种说不出的难过。我心想，三年的高中生活真是要结束了。教室里熟悉的桌椅、门窗、黑板、灯光，每节课老师进教室，班长引领大家一起喊"老师好"，老师说"同学们好"……高中生活就这样结束了吗？我真是有点不相信，但事实就是如此。我当时在班上是个子最小、生活最困难的一名特殊男生。我是以全班第十名被录取进校的，却是倒数第一个到校报到的，因家庭原因没人给我准备铺盖行李，到学校报到时没有被子、床单等床上用品。班主任吴老师知道情况后，立即动员班上的同学们捐钱和布票，帮我购置了全套的床上用品，包括被套、床单、枕头、蚊帐等，让我有了舒适的睡觉环境。还有的同学托老师送给我生活必需品，包括他们自己穿过的衣服等，还不留下姓名。

高中生活虽然只是三年，说长也长，说短也短，但我们都是风华正茂、血气方刚、单纯善良的好男儿，老师送走一批学生又会迎来一批新学生，三年一轮回，周而复始地在学校认真履行教书育人的神圣职责。他们头上的白发和脸上的皱纹一年比一年多，坚守一辈子最终换来的是桃李满天下。我们却再也回不到自己熟悉、热爱的教室上课了，同学们更是各奔东西，很少再见面了，即使有聚会也根本到不齐。其实在高考前的最后一堂课上，我们也知道老师不想离开我们，我们也不想离开老师，更不想离开学校。当时不是不想说话，而是心痛得说不出来，女同学都默默地在流眼泪，而我更是泣不成声，心中的思念和不舍难以言表。

老师是希望我们考出好成绩，继续到理想的学校学习深造，今后能有出息；我们是不想离开这么熟悉且学习、生活了三年的教室和学校，学校有我们三年来留下的足迹和欢声笑语。但天下没有不散的筵席，我们的离开是老师的希望，也是祖国的召唤。

现在的我离开高中母校沾益一中，离开自己高考前高四十班教室的最后一堂课已足足35年。正因为有了高考，有了自己高考前的最后一堂课，我才有幸考上了曲靖财贸学校继续学习。当时的曲靖财贸学校虽然只是个中专，但很难考上，更是热门学校，一旦考进去，读书的全部费用就由国家承担，毕业还包分配，有的同学甚至考上了专科学校都不愿上，而要来读财贸学校，因为当时财贸学校毕业分配的工作很好，都是银行、财税部门等。因此，我也很幸运地顺利毕业并被分配到了烟草企业工作，也才有了今天的小成就和幸福日子。

高考是青春的代名词，每位参加高考的青年学子，高考临近时都会争分夺秒地做好充分准备，老师们也会呕心沥血地使出各种招数帮助自己的学生复习好功课，全方位迎接高考。早已脱离高中的我们，每年的这个时刻总会怀念旧时光，想念自己的老师和同学。

高中生涯的最后一堂课，老师们总是深情细致地进行考前叮嘱，同学们都会感到依依不舍，不想这么早就毕业。每一位高考生总有考前最后一堂课，我衷心祝愿每年参加高考的学弟学妹们考出好成绩，考上自己理想的学校。虽然高考前的最后一堂课结束了，今后再也没有了，但新的学校、新的一堂课会迎接我们。

　　每一位参加过高考的学生都要不忘初心，为祖国的美好明天努力奋斗，做出自己的贡献。

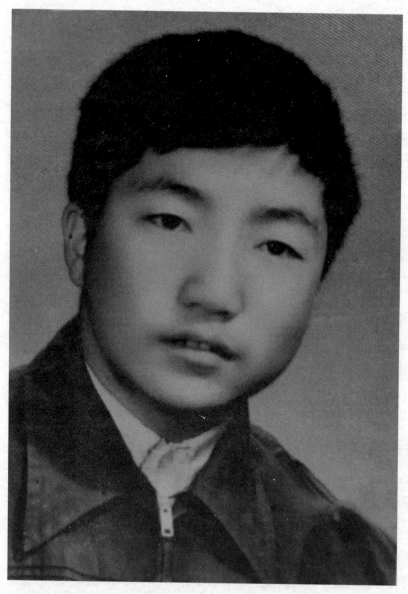

（作者读高中时期照片，1985 年 6 月拍摄）

怀念母亲

2022 年 6 月 26 日下午，弟弟打来电话，说母亲在乡下老家突然病逝。我和妹妹急忙驱车往家里赶，到家时，母亲还躺在床上，双目紧闭，嘴仍然张着，好像牵挂着什么，但已没有了生命体征。我只能含泪用双手轻轻地将母亲的嘴合上，并对母亲说："妈！您怎么就这样走了？您就放心地走吧！不要挂念什么了。"

听弟弟说，母亲突然摔了一跤，只说了一声"我摔倒了"就再也没能说话，也没有什么外伤，弟弟将母亲搀扶到床上躺下，不到一小时母亲就咽气了。我跟妹妹来不及多问多想，只能含着泪水、忍着悲痛给母亲擦洗身体、穿衣服，让母亲干干净净地走。此时，两位民警来到家里，想要了解母亲病逝的具体原因和现场情况。我还纳闷怎么会有警察上门来，后来听警察说，有家人报案要来勘查现场和做笔录，出具鉴定报告，这样保险公司才认可。

当时，警察只是简单地询问了事情经过，查看了母亲摔倒的地点，还录了音，也做了笔录，但没有查看母亲的伤情和遗体就离开了。我通过了解才知道，弟媳给母亲购买了意外伤害保险，母亲突然摔倒病故，也属意外伤亡。弟媳急忙向保险公司报了案，公安部门要勘查现场出具鉴定报告，只有符合条件，保险公司才能给予相关保险理赔。

母亲病故的当晚，遗体就入了棺，我和弟弟、妹妹按照农村的习俗进行了守灵。第二天上午，警察跟法医又上门来，要开棺验尸。我知道，既然购买了保险又报了案，警察和法医上门详细勘验情况，这是执行公务，也是法定程序；弟媳购买保险也是为了得到赔付，补贴家用，这些我都能理解。

然而，让我感到伤心的是，八十多岁的老母突然病逝，入棺近 12 个小时，又要重新开棺验尸，重新穿衣入棺。反复折腾，这在农村是大忌，也是我人生中第一次碰到这种情况。程序结束，警察走后，在母亲的灵柩前，我实在忍不住心中的伤痛与伤感。突然间，我的泪水像泉水般夺眶而出，不由自主地跪在母亲的灵柩前号啕痛哭，并用沙哑的声音对母亲说："妈！儿子不孝，儿子无能，您都这么大年纪了，都这样了，还让您反复受折腾，请您原谅儿子……"

母亲的病逝，虽然很突然，但我们兄弟姐妹也早有思想准备，只是没想到噩耗会来得这么早、这么快。因母亲毕竟年事已高，且患有重病。母亲出生在农村、长大在农村、生活在农村，为家庭忍辱负重，辛苦劳累，最终病痛缠身。由于年轻力壮时常做繁重的体力劳动，晚年的母亲弓腰驼背，走路都直不起腰。

就在病故的前两个月，母亲不小心摔了一跤，右手、右脚失去知觉，医生诊断是脑梗，还怀疑有肺癌，在医院医治了十多天。通过住院治疗，母亲的手脚基本能够动弹，但医生说肺癌要确诊必须做穿刺手术。但母亲的体质太差，年事已高，恐怕下不来手术台，只能选择药物保守治疗，今后还要注意不能再摔跤了，否则会有生命危险。这真被医生说中了。

母亲第一次摔跤康复出院后，回到老家养病。在弟弟的细心照料下，身体恢复得还算好，能吃能睡，脸色红润，头脑清醒，还能自己拄着拐棍走几十米，我和妹妹也时常抽空回去看望母亲。而且，母亲病逝的前一天，恰逢周末休息，孩子们也放假，我还带着家人和孩子与妹妹一家老小专门去看望母亲。母亲见到儿孙们都回来很是高兴，还挨个地喊叫儿孙们的名字，说这个长高了，那个长胖了，还拿东西分给孩子们吃。母亲满脸都是灿烂的笑容。看到母亲高兴的样子和身体恢复情况，全家人都感到很欣慰。

当时，母亲也对我说："儿子！你对妈的恩已经报完了，医院也住了，妈的身体妈知道，病好不了了，妈也该走了。你们兄妹三个都已成家立业，你们的孩子也长大了，妈也无牵无挂了。"我只能对母亲说："妈！您不要这样说，您的病一定会好的，要按时吃药，您看您都胖了好多了，还能自己走路了，您还要等着抱重孙子呢！"其实，母亲跟我说这些，就是在给我们兄妹留话了。母亲在医院时也跟我说过这些，只是我当时没在意，哪知道才相隔一天，母亲就真的走了。

　　母亲的一生也是辛酸坎坷的一生。二十七八岁时，母亲的父母就离开人世，我连外公外婆的模样都不记得。母亲从没念过书，但聪慧能干，心地善良，是乡里乡亲人人夸赞的女强人。母亲有过两次婚姻，跟父亲只有我一个孩子，我三岁时母亲就跟父亲离异，远嫁他乡，因父亲不让母亲把我带走，我就跟爷爷和叔叔一家生活了十年，父亲另成新家后，我才跟父亲一起生活。母亲跟继父有了一个弟弟和一个妹妹，我从小没在母亲身边长大，在没有弟弟妹妹之前，母亲每年也会偷偷地来村里看我，但不敢进叔叔家的门，因为爷爷不允许，我对母亲也很生疏，直到我十五岁初中毕业才去找母亲。

　　跟母亲相认后的几十年里，我几乎每年都会去看望母亲几次，特别是学校放寒暑假，一去就要住上十天半月。我毕竟是母亲身上掉下来的肉，血肉相连，继父和弟弟妹妹待我也很好，都把我当作家里的一分子，我也体会到什么才是真正的一家人。每次去母亲那里，母亲都不让我帮家里做事，教我好好上学，长大做个有出息的人，最好的都让我先尝先吃。

　　母亲是个勤俭持家的人，一辈子都舍不得吃、舍不得穿，更不会乱花一分钱，平时将自己省吃俭用攒下的零花钱，用一小块泛黄的格子方巾包得严丝合缝地压在箱底。等我开学返校时，母亲才会打开数数有多少钱，有几斤粮票，一分一两都不留，全拿给我上学花。母亲随时都牵挂着我在爷爷、叔叔家里和父亲的新家里好不好过、受不受气、委不委屈、遭不遭罪，还经常跟我说："要听大人和老师的话，那两个家如果不好待，就回妈这里来，这里也是你的家。"

　　我中专毕业分配的工作地点就跟母亲家在一个县，这让我跟母亲见面的机会也更多了。我也经常抽空去看望母亲，特别是逢年过节，都会给母亲和继父购买新衣服及好吃好用的物品。随着时间的推移，我和弟弟妹妹都已成家立业，我的工作也顺风顺水，日子好过了很多。母亲逐渐变老，同时体弱多病。我想把母亲接到城里跟我一起生活或小住几天，但母亲总是不愿意。

　　母亲总对我说："城里不习惯，你们住的房子太高，到处亮堂堂的，还是家里好。"妹妹家就在城边的农村，离我家也只有两三公里，母亲也不愿意去。

记得，我工作三十多年，母亲只到过我的小家三次，第一次是我结婚，第二次是我儿子出生，第三次是舅母陪着去的。每次去都只住一两天就急着赶回家，总挂念着家里养的猪、鸡、羊等，说家里农事太多，不能耽误。

母亲说得也是，像母亲这代二十世纪四五十年代出生的人，在乡下农村生活了一辈子，很少出远门，又不认字，习惯了农村的简朴生活，也怕给儿女添麻烦。也许就像人们常说的"住惯的山坡不嫌陡，金窝银窝不如自家的草窝"吧！为此，我也理解母亲的真实想法，也不强人所难，遂了母亲的意，我就隔三差五地抽空回去看望母亲。后来，随着年龄的增长，母亲行动更加不便，还经常回忆过往之事。每次去看望母亲，母亲都要唠叨不完，还很愧疚地对我说："妈对不住你，妈只生了你，没养过你，妈的事不用你操心。你自己过好了，妈也就放心了，家里有你弟弟就行。"我只能对母亲说："我是您的儿子，孝敬您是应该的。"

记得，三年前的一天，我去看望母亲。不知道母亲从哪里翻出来三张足有五十年的黑白照片，一张是我爷爷和奶奶的合照，一张是母亲和父亲的半身合照，还有一张是母亲的单身照。这些老照片我从未见过，母亲还拿着一张一张地对我说："这是你爷爷和奶奶，你那时才一岁多，奶奶就不在了，是上吊死的。"母亲和父亲的合照及母亲的单身照，我一看就认得出来。

我拿着母亲的单身照跟母亲说："这是您几岁时照的？很年轻漂亮嘛！"母亲害羞带微笑地说："三十来岁照的，那时还年轻！"我对母亲说："这些照片您别留着了，交给我保管吧。"母亲将照片交给了我。也许，母亲就是想把这几张照片保存下来传给我，让我知道他们年轻时的模样。母亲能够将这些老照片完好无损地保存到现在，说明母亲是个重情重义之人。

母亲走了，享年 82 岁。走的时候很安详、很平静，也无太大的病痛与折磨，按人们说的也算是高寿了。也许母亲看淡了世态炎凉，看淡了人间疾苦，看淡了生死，自己也无牵无挂，真想走了，不然母亲也不会几次跟我说她该走了。母亲的突然离开，让我和家人深感悲痛和意想不到，头天还好好的，说没就没了。母亲的一生是平凡而伟大的一生，也是坎坷的一生。母亲一辈子含辛茹苦、勤俭持家、相夫教子、和善待人，她的做人做事风格让十里八乡的人们看在眼里，记在心上，人人夸赞。是多年的劳累过度和无情的病魔带走了母亲的生命。人的生命是有限的，病魔是残忍的，唯有珍爱生命才是王道。

母亲走了，给我们留下了悲伤、怀念和感恩。悲伤的是从此再也见不到母亲，再也听不到母亲的唠叨。怀念的是跟母亲生活的日子，想见母亲只能在梦里。感恩的是母亲给了我生命与未来，是母亲教会我做人做事的道理。我们只能化悲痛为力量，好好地珍惜生命，健康地活着，让九泉之下的母亲再无牵挂，好好安息。母亲永远活在我们心中，我们永远怀念母亲！

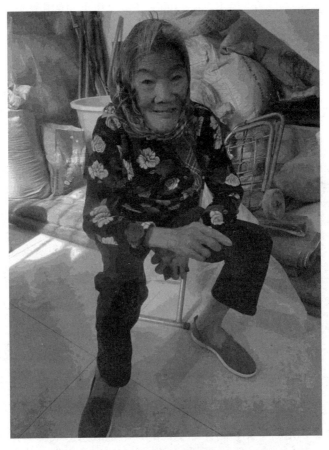

（这是作者母亲生前由他拍摄的最后一张照片）

写给而立之年的儿子

亲爱的儿子：

你好！

时光如流水，一去不复返。随着年轮的更替、岁月的流逝，转眼间，我已半百有余，没几年就要退休了，你也长大成人，进入而立之年。近段时间，我总是想起你孩童时期的事，好多事你可能不记得了，但有些事你应该刻骨铭心。所以，我想跟你一起回忆过往，目的是让你铭记过往，展望未来。

你从小就是个聪明、懂事、坚强的孩子，身体也很健康。除打预防针外，连吊瓶都没挂过。在你两岁时，你的小脚背有点红肿，带你到楼下私人诊所检查，医生说是蜂窝组织炎，只需打一针就好了。还有一次，住在你妈单位的时候，院子里建了一个活动室，你跟其他小朋友在门口玩，不小心摔了一跤。脑门摔出一个大鼓包，你妈急忙帮你擦点熟猪油揉搓，过了好长时间鼓包才消散。你上托儿所、幼儿园，你妈不会骑自行车，我就买了一辆自行车，在座位后面绑上一个钢筋焊制的小座椅接送你。上小学时，我只接送你一个星期，就让你跟院内的高年级小伙伴结伴同行，一起上学、回家。

上幼儿园和小学时，放学后送你去学电子琴和绘画，你还拿到了绘画八级证书。小学一年级，你们班一个姓李的男同学，有时会欺负你，你回来跟我说你不想去上学了。我后来跟你一起到学校找到他，跟他说你们是同学，要好好相处、互相帮助，不能再欺负你，若再欺负你，我就去找他父母。从那以后，那位同学也就不敢再欺负你了。

小学二年级，课间休息时，同学之间互相玩耍，你被另一个姓李的同学不小心推倒，摔在花台上。头部摔伤，鲜血直流，还到医院缝了三针，也没住院，医生开了点药吃，一周后就痊愈了。你受伤，我和你妈也很着急，老师也说了情况，是同学无意间让你受伤的，不是故意造成的，我们也就没去找家长理论。过后，推倒你的同学的母亲还来家里看望你，并给我们道歉，他母亲是你们学校的体育老师。

你上幼儿园和小学的几年，恰恰是我和你妈工作最忙碌的几年。爸妈经常出差下乡，多半都是你自己照顾自己。有时候我们回来晚了，你没带钥匙进不了家，会在楼下的花台边做作业等着我们回来。那几年，我从事财务工作，加班加点是常事，基本上都是早出晚归，节假日都不休息，也很少抽时间带你出去玩，这是我对你的亏欠。

你读小学的六年间，学习不紧张，单位组织出去旅游也带你去过几次，去过北京、海南、青岛和大连。带你去看过海、爬过山、坐过火车和轮船，参观过清华大学校园和中央电视台，小学毕业还让你参加过一次暑期夏令营活动，每次你都玩得很开心。

你上初中时，为了让你得到更好的教育，我和你妈想尽一切办法，托关系送你到市里的名牌学校读初中。当时，我和你妈都在县里上班，离你有近30公里，只能晚上下班开车回去照顾你。学校也没有宿舍，只能租房子住，早出晚归，晚饭我们多做点一起吃，留下一点让你第二天当午饭，有时候你也在学校周边买快餐吃。庆幸的是，学校离住的地方不远，你表大妈当你的班主任，可以帮助我们照顾你。在租房住了一年多后，我们在市里购买了一套新房，我们一家三口终于住进了自己的新家。

初中毕业，你不负众望，以优异的成绩考入市里人人羡慕的高中就读。高中三年，你没住校，选择住在家里，上学和回家你都骑自行车，吃饭在学校，而且担任副班长、班长。我和你妈经常不回家，只是周末才回家陪伴你，对你的监管也就少了很多。你也很懂事听话，只是后来玩心有点大，我和你妈不在家，你也会偷着看电视和碟片，这对你的学习影响很大，也是我们当父母的失职。

高二分科，在我们和班主任的建议下，你选择读文科。其实你不偏科，以你的基础更适合读理科。你的初中老师听说你选择文科，还感到有些惊讶和可惜。高考你也没正常发挥，没考出平时的成绩，本来你可以考得更好，但好在也过了一本线。我们和班主任都建议你复读一年，重新考一所更好的大学，但你坚决不复读，还是去省外上了一所普通大学。大学四年，为了让你减少路途劳累，开学和放假往返，我都让你乘坐飞机，而且每次都开车到机场接送你。大学毕业后，你直接就业，不再继续考研深造。

你参加工作的这些年，换了几次工作，也体会到了工作的艰辛和社会的复杂。记得你的第一份工作，干了两年半多，你说工作压力太大，风险也大，薪酬也不理想。你心里很压抑，好几次跟我和你妈说要辞职，但我们都劝你，有份工作不容易，不要轻易辞职，只要坚持住，慢慢会好的，但你还是辞了。其实，我工作了几十年，对工作体会最深的是，任何一个人刚工作都是从头学起，没什么经验和资历，只要自己善于学习和钻研业务，踏实、勤奋、努力，通过长时间的摸爬滚打，久而久之，自己也能成为行家里手，成为单位的骨干力量。

你们这代人思想活跃，就业择业方式灵活，这是社会潮流，也是社会发展进步的体现。不像我们这代人，毕业国家包工作分配，安排到哪个单位就去哪里上班，单位安排你做什么就只能做什么，自己根本没有选择余地。而且，多数人就像我一样，从参加工作就在一个单位，一干就是十几二十年，甚至干到退休，最多就是在单位内部调换一下岗位而已。

说到我和你妈，我们都是农村出生长大的苦孩子，全靠自己的理想信念和好学上进的决心与信心，才有了后来的理想工作。通过多年的努力与拼搏，我们还当上了中层干部，加入了党组织。我的幼年生活，你也听我说过很多，我靠着自己的求学欲望和坚强的毅力，在亲戚、老师和同学们的帮助下，才顺利完成学业，走上工作岗位。参加工作后，我的人生发生了翻天覆地的变化，幸福的日子也向我招手。后来跟你妈有缘相遇，也才有了你，你是上天赐给我和你妈最好的礼物。

然而，天有不测风云。我刚跨入半百之年，你也刚工作三年多，你妈突发疾病不幸去世。一场突如其来的噩耗像晴天霹雳砸在我和你头上，当时觉得天都塌了，我们父子俩以泪洗面、彻夜难眠。

你妈住院抢救的那几天，我和你都感到很无助，医生也无能为力，只能听天由命，等待奇迹出现，盼望你妈快点醒过来。

我和你悄悄地躲在被子里流泪，你还劝我说："不要哭了，妈妈会好的，即使妈妈醒不过来，真的不在了，还有儿子呢！"你能这样劝我，说明你真的长大懂事了。那时我知道，其实你比我还伤心难过，只是你强忍着劝我，劝着劝着你也捂着头轻声啼哭起来。当时，我们父子俩真是度日如年，不知所措。最终，老天还是没有眷顾我们，没让你妈醒过来。

你妈的突然离开，让我和你无法接受，好长时间难以面对，一直没能走出痛苦的阴影，但生活还得继续，只能面对现实。其实，你妈走的时候，尽管没有留下一句话，但她最牵挂的人是你。她担心你的工作，担心你还没成家，也担心我今后的生活没人照顾。你妈也希望我和你健康地活着，好好地生活，她在九泉之下才好安息。

光阴似箭，岁月如梭。人们常说："时间是最好的良药。"不知不觉你妈已离开我们四年，走的人已经走了，活着的人还要继续活下去，而且还要活好。一切都得向前看，我和你也逐渐从悲痛的阴影中走出来。你在省城工作生活已有六七年，也适应了省城的生活，你跟我说想买套属于自己的房子。我倾尽所有帮你付了首付款，你终于有了自己的住房，我也为你感到高兴。

今年春节，你大舅住院了。为了照看你大舅，你表哥也在我们家过年。你每天早上陪表哥去医院看望你大舅，年也过得很开心，你还陪我冒着雪看了两场电影，这种情景还是第一次。然而，就在春节假期结束后上班的第一天，你返回省城上班，我突发阑尾炎住院，当晚就做了阑尾切除手术。本来不想告诉你，怕你担心，也怕影响你的工作。我思前想后，这毕竟是我从记事起第一次生病住院，术后第二天还是告诉了你，还跟你说不用担心，只是个小手术，住几天院就会好。我住了八天医院，你每天都询问病情，问这问那，关心着我的身体状况，我感到很欣慰。

其实，我住院的那几天，只有你的问候，没见你的身影，心里感到很疑惑也很伤心，甚至还有点责怪你：我都住院做手术了，你为什么不回来看望我？你毕竟是我唯一的亲人，难道我在你心目中就一点位置都没有吗？后来我才知道，我住院的第二天，你也生病了。因为每天你都要去医院扎针治疗，所以你回不来，而且你怕我担心你，不敢把你生病的事告诉我。原来我错怪你了。还真是父子连心，我住院，儿子也生病，我俩都遭罪，相互牵挂彼此，还好都是小病，没多久我俩都痊愈了。

现在回忆起过去的时光，仿佛就在昨天。过去的故事，昔日的点滴，历历在目。如今的你也长大成人，我也双鬓花白，渐渐变老。现在回想起来，你从小没让我和你妈操心，算是健康快乐地长大。我们的家庭算不上富有，但也基本过得去，比上不足比下有余吧！每个父母都心疼自己的儿女，时刻都牵挂着儿女的全部，毕竟血肉相连。盼望儿女健康快乐地成长，望子成龙、望女成凤，这是做父母的心愿。

最后，我想跟你说，你已经进入而立之年。人生的路才刚刚开始，美好的前程正在等着你。你们这代人是有思想、有理想、有抱负的一代人，也是幸福的一代人，思想活跃、情感丰富。唯一的缺憾就是兄弟姐妹少，多半都是独生子女，没有体会过大家庭的温暖。父母都把你们当作掌上明珠养育，父母的所有都是你们的，并且对你们的期望值也很高。你们这代人，物质生活丰富，吃穿不愁，但精神生活欠缺。成家立业后，身上的担子会重一些，特别是精神负担会重，遇到任何困难与挫折都得自己扛。

所以，新的时代，新的社会，不进则退。在今后的日子里，我真心希望你，碰到困难和压力要充满信心与力量，打铁还需自身硬。认真规划好自己的未来，朝着自己的理想与目标勇敢前行。要珍惜现在、展望未来、好学上进、努力拼搏、奋勇向前、担当作为；不负青春韶华，不让青春年华虚度，用最美青春书写自己的美好未来，让青春岁月永远燃烧，让自己的人生活出精彩。你的小日子过好了，事业有成了，我也就放心了，这是我唯一的希望和心愿。

我跟你说这些，你不要嫌啰唆，更不要记恨，这些都是我的真实记忆和肺腑之言，也是你的成长经历。而且，我永远都相信，自己的儿子是最棒的！

人生路漫漫，全靠自己走；光阴不虚度，美好前程留。生活阳光照，每日开口笑；多彩生活美，唯有往前追。三十而立至，拼搏正当时；岁月不等人，理想圆梦成。

祝福而立之年的你一切安好！万事顺意！前程似锦！

（作者儿子 2009 年就读高二时的留影）

（作者全家福，1998 年拍摄于丽江玉龙雪山）

第三辑　难忘家乡美景

记忆中的大雪

每年进入寒冬季节，多半都会下几场雪，只是雪大雪小和场次多少不同。哪怕是我们云南省省会昆明俗称"春城"，四季如春，每年也会下上一两次雪，但大雪很少。在我的记忆中，十多年来下雪的次数比以前少了，大雪、暴雪更是少之又少，也许是人们说的全球变暖了吧！记忆中，很久以前，我们滇东大地还是下过几场大雪的。

记得我上小学时，好像是 1977 年的冬天，我们老家下了一场大雪。那场雪整整下了四五天，一夜之间地面积雪足有五六十厘米厚，真是银装素裹、白雪皑皑，雪花像棉花团一样，一直飘落不停，整个村庄白茫茫一片，房前屋后到处堆满积雪，道路不通。

我家在农村，居住的房子是瓦面屋，房檐瓦片上还吊着一根一根晶莹透亮的冰锥。我们有点好奇，还会用竹竿挑下来吃。有时，我们晚上睡觉前，还会用碗装上水和一根线放在窗台上，第二天早上起来就可以吃到自制的冰块。下雪那几天，学校也放假，村里的牛羊都只能圈着，煮饭都只能用雪化的水煮，喂牛羊的水也是用雪化的，还给牛羊喂些谷草，还好每家每户都备有一些粮草。那几天无法出去串门或干农活，只能待在家里，从早到晚围坐在火塘边烤火，烤着前面，后背却是冷的，门窗都要关得严丝合缝的，火塘上还挂着一个铞锅，煮着金豆做下饭菜。

大人们偶尔还会约上几个伙伴上山撵野兔，有时运气好也撵得着，但多数时候是空手而归。家长不允许小孩出去多玩，一是怕玩太久眼睛会被雪光刺伤，二是怕衣裤弄湿生病感冒。我们小伙伴偶尔也会偷偷溜出去堆雪人、打雪仗，玩倒是很好玩，就是太冷。大人们还会用家里的锄头、铁铲清理门前积雪，一家接着一家清扫，清出一条道路方便出行。早晚更是很冷，晚上床铺被褥太凉，半天睡不热乎，早上赖床，我们小孩要等大人把火生着，左喊右喊才会起床。那一年的那场大雪真是太大了，学校停课一星期，现在虽已过去四十多年，但我仍然记忆犹新，难以忘却。

　　还有一年腊月初五的那场大雪，更是让我终生难忘。我结婚的前一天，白天还是晴空万里，夜里滇东大地就飘落了大雪，而且一连下了两天，我工作居住的县城里，大街小巷积雪成堆，车辆都无法通行，长途班车也停运了。结婚当日，大雪封路，远方亲戚都没能赶来参加我的婚礼，我的姨父本来车票都已买好，要从曲靖赶来，最终道路封闭，迫不得已退了票。我预订的婚宴是炒菜，改火锅又难，只能按原计划进行。另外，整个县城理发店关门歇业，我和妻子的头发都没法好好打理，只有伴郎表弟用家里的简易吹风机随便给弄了一下发型。一些同事和伙伴还调侃我说，是不是小时候骑着猪了？民间传说，小时候骑猪，结婚才会遇上下大雪。他们简直问得我哑口无言。还算好，尽管遇上下大雪，但在亲朋好友们的关心和帮助下，婚礼举办得还算圆满。

　　冬季下雪是大自然的规律，我国东北地区每年冬季几乎都是冰雪覆盖，美丽雪景持续时间长达几个月，黑龙江省会城市哈尔滨每年都会举办冰雪展，我也有幸看过几次。冰灯璀璨，雪雕巨大，各形各色，真是美丽壮观！多年来，冰雪展已经成为东北的冰雪文化。南方人喜欢北方的冰雪美景，北方人酷爱南方的温暖气候，尤其是云南四季如春的气候。

　　我记忆中的大雪场景虽然很少，但每逢下雪，都很快乐，整个大地洁白一片，对庄稼也很好。俗话说："今冬麦盖三层被，来年枕着馒头睡。"寒冬季节飘大雪，美丽壮观心里热。冬雪飘过春天到，阳光明媚鸟儿叫。雪花飘飘景色美，美好记忆唯我醉。

记忆中的扁柏树

数月前，跟老家在曲靖的儿时同伴小聚，聊起生我养我的农村老家变迁和儿时印象，好多往事勾起了大家的记忆。哪家住哪里？哪家的菜园地在哪里？村中有几棵参天古树？一草一木、水井水塘……如今早已面目全非，不复存在，被幢幢新建楼房取代，但家乡的旧迹风貌仍然永远刻在同伴们的脑海里，让大家记忆犹新，终生难忘。

我记得村子正中有一块叫作"小园头"的菜地，全村人都熟知这里。这块菜地大约有一亩，长方形，土壤肥沃，是小叔家的菜园地，常年按季节种植辣椒、白菜、茄子、小瓜、葱、蒜等无公害蔬菜，供全家人食用。菜园地处于一个稍高的位置，西边是一个齐头崖子，高出路面一米五还多，下面还有一条小水沟，雨水季节水流很大，但有石板跨过，很安全。菜园地东面不高，向右绕个小弯上小坡，有一道木栅小门，用铁丝拴套着，种植采摘蔬菜时自家人可以从这里进入，外人则一律不准。四周全部被鸡脚刺、倒挂刺和其他长刺的植物围着。进入菜园右侧还有一个简易厕所，可用里面的粪水浇菜，让蔬菜长得更快更好。小时候，我跟爷爷、叔婶经常来这里种菜、拔菜，这块菜园地留下了我儿时的足迹和快乐。

让全村老少最难忘的还是小园头菜地靠西尽头处，也就是齐头崖上面一棵二十多米高的扁柏树。这棵扁柏树既长得高，又处于村庄中央的位置，很是夺目，方圆一两公里就能目睹它的挺拔之姿，而且它是村中唯一一棵高大无比的扁柏树。它树形笔直，直插云霄，直径不少于五六十厘米，五米以下光滑无分枝，很难攀爬。站在树下抬头仰望，头顶的帽子都会掉落。树的上半部分，枝繁叶茂，常年翠绿，呈宝塔形，树梢处还有鸟窝，时常能见到鸟儿登枝鸣啼。

扁柏树靠南四五米园埂处还长有一棵倾斜稍弯的棠梨树，每年棠梨满枝挂，果实还未成熟就会被村里的小孩偷着摘个精光。扁柏树叶，清香味浓，每年大年三十年夜饭前，家家户户都会用扁柏树叶撒在烧红的梨炭或鹅卵石上打醋炭，除去一年的晦气与不顺，祝福新的一年吉祥平安。好些人家都会来要扁柏树叶，爷爷和叔婶也会答应给他们，让他们自己去树上弄点，但不能浪费。好多爬树功夫差的根本上不去，只能用一根长棍拴上一把镰刀，慢慢割扯几枝就够用。

听祖辈们说，家乡的这棵扁柏树至少也存在上百年了，具体多少年也无法考证。它是自然生长的，不是人工栽种的。这棵扁柏树算是村中的古树，是镇村宝树，称它为神树也不为过。有了它，村子风调雨顺，世代安居乐业。但让我及村民们感到遗憾的是，早在30年前，它就被我的堂哥们砍伐了。大约20世纪80年代末，我二伯家的长子、我的堂哥在外工作，因家族房产纠纷，他愤怒之下，带领几个亲弟弟将这棵古树砍倒，用车拉回城里做成了家具。从此，这棵扁柏树在村里就彻底消失了。

我还记得，扁柏树下方30米处还有一个叫作"花刺蓬"的地方。这个花刺蓬有七八十平方米，常年长满倒挂刺，一年四季都有卡卡果、牵牛花等。多数村民都不敢轻易采摘里面的鲜花，因为这些鲜花全被锋利的倒挂刺环绕保护着，一不小心就会被刺扎伤手。花刺蓬下面，经常有附近农家饲养的土鸡下蛋，也有老母鸡领着成群的小鸡逗留，有时还有松鼠、貂鼠上蹿下跳。只见住在旁边的农家妇女经常在花刺蓬边上寻找她家养的鸡和鸡下的蛋，发现有鸡蛋，只能用长棍将鸡蛋拨出来捡拾。这个花刺蓬跟扁柏树和棠梨树，成为村中最美的风景线，过往行人左观花刺蓬的美丽鲜花和小动物，右赏好看的棠梨树，抬头仰望挺拔威武的扁柏树。

随着岁月的变迁，记忆中的扁柏树早已不在了，花刺蓬也没有了，棠梨树也消失了。但家乡抹不去的美好记忆还在，儿时的幸福快乐还在。近几年，我偶尔回老家几次，发现家乡巨变，感到自豪和兴奋。家家户户住上了新房，用上了干净的自来水，村中全是水泥路，还建起了村民活动室，高速公路从村旁穿过，美丽乡村建设让家乡的父老乡亲们过上了幸福美好的生活。

在此，真心希望家乡人民世代都记住村中曾经的扁柏树和美景！让记忆回顾乡愁，让记忆永留心间，不忘来时路，憧憬好未来。祝福家乡人民永远幸福安康！

（作者于 2022 年 10 月 15 日拍摄的家乡大坟村美景）

家乡的百年老井

几天前，当我来到云南沾益区大坡乡亮泉村委会大坟村时，整个村庄的变化让我惊叹。村里的好多旧房已被拆除，幢幢小洋房拔地而起，通村道路全是新铺设的崭新水泥路，还有一座沾寻高速高架桥从村旁跨过。这个村庄是我出生长大的地方，这里的山水、土地和乡亲们养育了我。

我在村里转了一圈，记忆里的多数民居房屋早已不在了，有的在原址拆除旧房建起了新房，有的在村外路边重建新房，而且都是三四层高的砖混别墅。唯一不变的是村里的那口老水井和井旁的水塘，仍然在原地安静地待着。

我漫步走近水井边，仔细查看，30厘米高的水井口好像几年前重新修整过，井口围石上留下无数道光滑的绳印。水井边也是平整的水泥地面，旁边的水塘周边也全用不锈钢管制作的围栏围着。我低头朝水井深处看，井里的水清澈干净，离井口约一米，伸手摸不到水面。现在，家家户户都用上了自来水，来老井取水的人很少了，基本遇不到有人来古井取水。

此时此刻，儿时老井的记忆悄然在脑海里浮现。自打记事开始，这口水井就一直存在，我经常跟爷爷和叔婶们一起去挑水。那时我很小，只能手提一个能盛半斤水左右的小茶壶去取水，十多岁时自己也独自挑过水。记得，每年大年初一凌晨，按照习俗，要跟爷爷或叔叔一道去买水。大人挑着水桶，我左手拿三炷香和三张黄纸，右手拿手电筒照路，到水井处将香纸插在井边，放几个鞭炮，然后取水回家。

从井中取水是一门技术活，要根据水的深浅备上一根结实的绳子，将绳子的一端紧固在一只空桶提手上。然后，一只手使桶口朝下桶底朝上，另一只手抓牢绳子另一端，用力将水桶"扑通"一声直插水中，水桶盛满水，双手立即用力将满桶水用绳子拉提上来。若把控不好，水桶会漂在水面不下沉，很难从深井中取到水，或者要重复操作几次。井水浅的时候，还要左右摆动绳索，将空桶口朝下、插入，装满水，这门绝活更难。若提绳不牢，盛满水的水桶会落沉井底，那就更糟糕了，如果无法打捞上来，就等于废了一只桶，这种事是很常见的。这口水井足有十多米深，井口只有一平方米大小。

记得有一年干旱严重，那年我有七八岁，大概是 1975 年吧！井里的水少得只有五六十厘米深，叔叔领着村里五六个壮劳力，下井清理井底杂物和淤泥，当时叔叔是村里的会计。我去看热闹，只见他们用绳子拴着一个圆形竹编篓子，人盘坐在竹篓中，一次坐一人，分两次将两个稍瘦小的男人，慢慢滑落下去，几个壮汉在上面放拉绳索。这次从井底清出好些木桶、刀具等杂物。这种作业很危险，难度也很大，次数更是很少，我也只见过一次。

家乡的这口水井，不知道存在了多少年，但至少应该有上百年。我也询问过村里一位 90 多岁的陈姓老人，老人说："我也不知道这口井存在多少年了，反正从我记事就有，听上辈人说至少也是上百年，应该有这个村子就有这口水井，从来没彻底干过，再干再旱也会出水。"村子后面有一座古墓，我也亲自去看过古墓，并细读过碑文。墓碑上清晰可见的立碑年代显示是乾隆年间，足以证明这口水井至少也有两百余年历史了。

在生我养我的大坎村，家乡的这口百年老井一直静静地存在着，井水从未干枯过。水是生命之源，家乡的父老乡亲们世代依靠这口水井繁衍生息。我曾经喝了十几年才走出大山，离开家乡外出工作。这口百年老井记载着家乡的历史变迁，见证着一代又一代的乡亲快乐幸福地成长，记录着我儿时的记忆和快乐。真心希望每一位乡亲父老，无论身处何方，都要永远记住家乡这口历史悠久的百年老井，饮水思源，初心不变。在此，我真诚感谢家乡的亲人们，一直将这口老井保护得这么好！

"吃水不忘挖井人，世代永记百年井。甘甜井水万古清，饮水思源浓乡情。牢记古井铭记史，文物保护永坚持。美丽家乡振兴好，小康梦圆幸福照。"一方水土养一方人，真心祝福美丽的家乡建设得越来越好，更祝愿淳朴善良的家乡人民永远过着美好的幸福生活！

（作者家乡的百年古井）

老家的水塘

清明节前，我驱车来到沾益区大坡乡生我养我的乡下老家。一下车，村子路边的一个水塘就吸引了我的目光。水塘周边建起了许多砖房，只有朝通村道路的一边无遮拦物，车辆路过都能一眼看到。我心想，这个水塘不就是好多年以前最熟悉的那个小水塘吗？

我站在水塘边，仔细观察着。记忆中，老家村子边只有一个水塘，现在的水塘比以前好像小了很多。水塘沿堤栽种着十几棵柳树，但树不算太高，应该是近几年才栽种的。而且，水塘三面用不锈钢管和砖砌起了安全防护围栏，只有朝西的一面敞开着，并砌了五六级水泥台阶，方便人们下到水边洗东西和上下。塘中的存水不多，但很干净。

我顺着水塘台阶下到水边，洗起手来。此时，不知为什么，我情不自禁地用双手将水捧起喝了两口，也许是对老家这塘水的眷恋吧！感觉它还是像几十年前那样甘甜可口。儿时的情景在脑海里一遍又一遍地回放着。

应该是 30 多年前，甚至更久一些的时候，自己在这个水塘里洗过青白苦菜、莲花白、土豆等，有时用竹筲箕、竹背篓或粪箕（不是用来挑大粪的粪箕，而是专门用来装菜的）装满蔬菜，双手端着盛满蔬菜的筲箕和粪箕到水塘里清洗。要洗的东西多时，就用背篓背，有时候还要排队轮流洗。因为村里只有这个可以洗菜的水塘，旁边有一口人用饮水井。因为怕污染井水，村里不允许在水塘里洗衣服。

以前，这个水塘水很深，至少也有两三米深，塘边上还种有许多柳树，杂草也很多。水塘上游尾处还有一个切口，下雨天有水从这里淌入。下游处也有一个小涵洞，塘水浅时，就堵住洞口蓄水；塘水太满时，就打开洞口，将多余的水放入下面的稻田里。水面常年长满很多渣草和少量水葫芦，塘边浅水地方清澈见底，甚至可以看到小鱼在水中游来游去。天气热时，鱼儿欢呼翻跳。这种时候，乡亲们会说这是要下雨的征兆，它就像天气预报一样准。

　　水塘里随水流游来的鱼很多，大的有巴掌大，小的很小，太小的我们叫作花花鱼或飞马鱼。也经常会有大人、小孩在塘里钓鱼，我也钓过好几次。大点的鱼带回家美餐一顿，太小的花花鱼之类就放入水塘中继续养着。记忆中，这个水塘很少彻底干涸过，听说塘底会自己出水，好像是个龙潭。旁边有一口深水井，但水塘跟水井没有直接连通。

　　老家的这个水塘，也没有什么名字，只要人们说，把东西拿到塘子里去洗，就知道是这个塘子，因为全村只有这个清水塘。记忆中的这个水塘好像还是挺大的，应该有一两亩地大。现在看起来小了很多，估计只有半亩地大，也许是周边建房占用了一些，或者是时间太久而缩小了。

　　老家的这个水塘，听父辈们说，历史悠久，至少也有百年。它和旁边的水井是全村的风水，乡亲们世世代代靠它繁衍生息。现在的水塘虽然失去了以前的风貌，没有了鱼儿的欢跳，也没有了以前的清澈，更没有了进水口和出水口，只是个死水塘子，只靠塘底自己浸水和天下雨，但它尚存，只是由原来的村边变为了现在的村中，好像挪动了位置一样，其实还在原地。让我感到欣慰的是，乡亲们将它保护得很好，村子再怎么发展，也没有将它填埋。

　　老家的这个水塘伴随着家乡人民的成长，父老乡亲们也见证着它的变迁，我和它也相互陪伴过。真心祝愿老家的这个水塘永远留存，也希望家乡人世代保护好它。它是我们全村的福宝塘、聚宝塘、幸福塘，全村人民不能没有它。

　　在此，希望老家的水塘给家乡人民永远带来福祉，让家乡人民永远过着幸福的美好生活！也希望人们永远记住这个有历史、有故事的水塘。

沾益老火车站

近段时间，我在微信朋友圈总是看到朋友晒出曲靖市沾益区老火车站改造一新的美照，听说此处已成观光旅游网红打卡地。元旦假期，我也饶有兴趣地随朋友驱车前往探个究竟。

刚到此地，就看到面貌一新的车站入口处，左边房顶镶嵌着"沾益"两个大字，右边墙上竖立着有"车站记忆——曲靖沾益"八个醒目大字的标示牌，侧面还有车站建设、历史简介和鸟瞰图。原来的沾益火车站已变成车站主题公园，因为这几天是元旦假期，所以到此参观游览的市民络绎不绝。

我仔细看了一下车站历史简介，1944 年叙昆铁路铺至沾益后，为配合沾益机场物资转运等，在沾益城西门外建沾益火车站。1964 年，米轨改准轨，1966 年沾益火车站转民用，1970 年贵昆线贯通投入营运。2010 年 4 月，因专用线整合，沾益站停止办理货运业务，原沾益站货运业务转移至曲靖、黑老湾办理。2010 年，新沾益站开通使用，原沾益站更名为西平站，停办客运业务。2012 年，昆铁局管内所有工程全部竣工，西平站关闭，因交接过渡，西平站由曲靖站管理。2014 年，西平站正式关闭，从此老沾益站退出历史舞台。2020 年 7 月，车站记忆主题公园开工建设，年底项目初建完工，对外开放。目前，车站记忆主题公园还在进一步扩建中。

进入车站园内游览时，旧式的铁路依然还在原地，只是部分铁轨被漆成了彩色，一段铁轨上还建有心形混凝土彩虹门。铁轨旁塑有一些精美雕像，还有铁制火车头和火车轮子模型等，供游客观赏拍照。原铁轨上还有三节绿皮、白皮车厢停放，已被改造成车厢餐吧，有各种副食和小吃售卖。原来的车站货运仓库也被改造成大型运动健身房，里面有塑胶篮球场、羽毛球场，顶部悬挂彩带，墙面挂满姚明等著名运动员的彩色画像。车站南北两头，北面是儿童乐园，有儿童滑梯等各种游乐设施；南面是宽敞的停车场，可以容纳上百辆车停放。

原铁路中间的站台上的遮阳避雨棚仍然还在。站台上，竖立着几块巨大的宣传展板，旧时车站的变革历史图片和英模人物照片在此展出。特别是旧时在车站叫卖烧饵块的小摊和炸爆米花的场景雕塑栩栩如生。此时此刻，仿佛又回到了从前，昔日的火车站烧饵块生意很好，客流量大，二两粮票八分钱买一个，但人多要排长队。烧饵块吃起来很爽口，有甜味和咸味两种。现在的站台上，还多了一些木质凳椅供游客休息。只是过往的地下人行通道还封闭着，或许是还没改造完工吧！道口上方的蓝底白字铁皮标示牌"沾益站"仍然悬在空中。站台和车厢餐吧两旁，一棵棵用木箱栽种的山茶树开着花，朵朵硕大，艳丽无比。

车站记忆主题公园内，大人、小孩很多，像赶集一样热闹。车厢上、车轮上、彩色铁轨上、心形通道里、模型火车头旁、烧饵块和炸爆米花塑像旁等每个角落，拍照摄影的人群各自忙碌不停，都想把美好的记忆和历史画面留下来。

沾益老火车站的一日游，让我回味无穷，感慨万分。35 年前，这个地方是沾益县城最热闹喧嚣的地方。那个时候我在沾益一中读高中，应该是 1982 年至 1985 年。光阴似箭，岁月如梭，一晃自己已经年过半百，时隔数十年到此一游，昔日的画面再次在脑海里浮现。跟魏同学穿越铁路地下通道，去他家吃他母亲做的可口饭菜。他父母都是火车站职工，就住在火车站边上的铁路职工宿舍。每当我们路过站台时，都会买烧饵块吃。

如今，昔日人流、车流的热闹场景没有了，火车进站时的嘟嘟声没有了，卖烧饵块和小吃的手推车没有了，站台上排队迎送亲朋上下火车的人群没有了，火车启动和到站时从车窗探头目送或摆手示意的场景没有了。但多少年来，沾益火车站为沾益人民和地方经济建设发展以及社会经济繁荣做出了巨大贡献，这是世代沾益人民亲眼见证的。我们每一个曲靖人，特别是土生土长的沾益人，都要世代牢记和传颂沾益火车站这个响亮的名字。

随着时代的进步和社会的发展，现在的沾益老火车站尽管没有了原来的吵闹喧嚣和叫卖，有些许宁静，但比原来更漂亮了。昔日的车站变成了车站记忆主题公园，原来的房屋、车厢、铁轨、站台、站名、地下人行通道等依然还保留完整，只是变了颜色，穿了新衣，进行了升级改造，让我感到很高兴和欣慰。这还要感谢沾益区委区政府的高度重视，让古老的沾益老火车站原貌和悠久历史完整地保留下来，并将它打造为车站记忆主题公园，让它成为沾益的一张新的名片。

在此，衷心祝愿美丽而历史悠久的沾益老火车站永远保存完好！

（作者在沾益老火车站雕像旁留影）

（改造后的沾益老火车站，已经变成了车站记忆主题公园）

（车站记忆主题公园里的车厢餐吧）

追忆母校

2019 年 5 月 11 日，我驱车来到了阔别四十年的沾益区大坡乡海峰湿地公园，也是我的初中母校原所在地。当我进入湿地公园中心区域时，一块刻有"海峰中学"字样的巨大石碑展现在眼前，石碑旁还立着一面画有原海峰中学全貌的石墙，画中勾勒出了我初中时的宿舍、食堂、教室、操场、教学楼、菜园地等。听说石碑和石墙是 2010 年 40 年校庆后筹资而建的虚拟校园。石碑石墙刻画的 40 年前的初中生活场景仿佛历历在目。我情不自禁地用手指着画中的每一个角落，向同行的好友逐一介绍。

此时此刻的我，仔细审视着这张翔实的图画，感慨万千，仿佛自己又回到了初中时代，心中又是激动，又是喜悦，又是悲伤。让我激动的是自己的少年时光永远留在了这里，三年的喜怒哀乐、早自习的琅琅读书声、晚自习做作业的教室灯光、操场上的嬉闹欢笑声、食堂打饭的长队、绿树成荫的校园小道等，就像放电影一样一幕又一幕地在脑海里浮现。让我喜悦的是自己从这里走出了大山，并以优异的成绩考入了沾益县第一中学读高中，从乡下进入县城，让我这个穷苦的农村孩子到了大城市生活，也让我人生第一次见到火车、汽车、军用飞机（当时沾益有个军用机场）、穿梭的人群和熙熙攘攘的闹市，真是大开眼界。让我悲伤的是，昔日的海峰中学的美丽校园已面目全非，只有石碑和石墙在遗址处矗立着，静静地守候着这块净土和宝地。遗址周边已变成了海峰湿地管理处办公楼和环湖大路及羊肠小道，还有农家小院和草地、树木、石山，环境保护得很好，以前的校舍房屋等建筑物一间都没有了，学校早已整体搬迁到大坡乡政府所在地几十年了。

此时此刻的我已年过半百，追忆起海峰中学的往事真是思绪万千。我的恩师黄老师和李老师都已光荣退休，我的同桌因病已不在人世好些年了，同班同学多数都在不同的城市、不同的单位、不同的岗位，为国家默默奉献着；有的当了领导，有的当教师，有的当老板，只有少数几个在自己的家乡务农。

前些年，在海峰湿地举办过一次同学聚会，多数同学毕业后几十年未曾见过，见面时几乎都认不出来了，更叫不上名字，只有面容轮廓还有印象。同学们都已白发苍苍，满脸皱纹，但身体都还很健朗，小日子过得还可以，见面有说不完的话，讲不完的往事和回忆。

让我难忘的是我的班主任吴老师，她的师德和优秀品质永远激励着我，她对我给予了超出父母的关心和厚爱，让我的人生有了追求和转折。有一次，大概是初二上学期，因家庭原因，父亲中断了我的生活费，一断就是四个月，让我无法继续坚持上学。吴老师一边鼓励我，一边写书信给我父亲做工作。我的父亲也是一名小学教师，当时他在沾益县德泽乡一个偏远的小学任教，距离海峰中学很远。同时，吴老师还向我叔伯求援，又向学校争取助学金，让我度过了艰难的求学生涯，最终说服了父亲才继续让我读完初中。我也没有辜负恩师的期望，考入了当时沾益县唯一一所重点高中，继续学习。

还有就是我的数学李老师，也当过我的班主任，他很善良可爱，对我给予了无微不至的关爱。有一次我生病在家，他带上好多好吃的，我清楚地记得有红糖和鸡蛋等，从学校徒步几十公里到家里去看望我，还跟我爷爷夸奖我，并帮我补习落下的功课。我的同班同学也给了我很多学习和生活上的关心与帮助，时常把从家里带来的咸菜等东西分给我吃，大家同吃、同住、同学习、同劳动，给我带来学习和生活的勇气和乐趣。我的海峰中学时代，既有苦又有乐，有辛酸有泪水，但这段时光是我永远的记忆，终生难忘。

此时此刻，我来到母校海峰中学旧地重游，我感到无比自豪和欣慰。从1979年深秋进校读初中到现在已满40年，母校的变化太大了，一切原貌都已不存在了。但母校精神永远留在我的心中，一辈子都不会忘记。我突然感叹："十五六岁进校园，辛勤苦读整三年；交通不便又偏僻，有时还会淘点气；一月吃上一次肉，一人分得一两口；自己种菜自己吃，粮食还要家带去；一班一间大宿舍，两人一床情不舍；学生辛苦老师累，师生感情乐陶醉；海峰中学人才出，校史记载都有数；光阴快如一把刀，如今同学都老了；尽管原貌不见了，当地经济发展好；母校旧址变公园，各种设施配套全；观景大路四处通，风景如画翠鸟颂；不论母校迁何方，人才辈出世代上。"

　　此时此刻的我，游览母校旧址，追忆过去，回味无穷，又一次在这里留下了自己的足迹。离开时，心里感觉有些不舍，但天下哪有不散的筵席和不变的时代，我只是在母校旧址处，手捧一把红土闻了又闻，随手装入衣袋留作纪念，喝上一口甘甜的湖水，带着童年的追忆和对母校旧址的留恋悄然离开。如今的海峰中学旧址已变成海峰湿地公园，绿水青山，鸟语花香，湖水荡漾，风景如画。地方政府正在投资建设和改造中，高速公路和旅游专线未来也将直通公园大门口。衷心祝愿我的母校旧址（海峰湿地公园）青山绿水常在，游客源源不断，继续为地方经济发展做贡献！祝母校海峰中学永放光芒，人才辈出！

（作者于 2014 年 5 月 19 日拍摄的"昔日的母校——海峰中学遗址"）

家乡的小山记忆

最美四月季，阳光温暖煦；山谷遍地绿，满山浓墨翠。周末闲暇之时，我来到城郊山野间踏青，饱尝最美春景。眼前有小水库及一座座小山头，别样的山水美景跟家乡的仿佛一模一样，这勾起了我对家乡山水的记忆和眷念。

我的老家在云南农村，由于工作原因已有三年多没回去了，真想回去看看父老乡亲们，去爬爬儿时常去的小山，去看看儿时游过泳的坝塘水库。说起家乡的那些小山和坝塘水库，更是足有几十年没去看过它们了，心里还真有些愧疚。

我的家乡属于典型的边远山区，算是丘陵地形，那里的山不算太多，也不陡峭，都是些小山。在我记忆中，最高的山叫作大高杂山，应该有七八百米高，离家约有四公里。这座山属其他村管护，因此不常去，儿时跟大人们砍柴去过几次，站在家门口场院上就能目睹它的威武雄姿。常去的山是"小山上"和"刘家高杂"两座小山，这两座山属我们村管护，山高只有六七百米，离我们村有三公里远，路也还算好走，只不过全是土路，晴天灰飞，雨天泥泞。

自我记事起，这两座山就是全村老少常去砍柴、捡野生菌、抓松毛的老地方，我也经常去。要去刘家高杂山需要经过小山上，沿着一个叫作白坡的水库的坝梁直行才到。也就是说，出村往东边爬小坡到水库坝梁，过了坝梁尽头就是小山上，翻过小山上就是刘家高杂山，两座小山都坐落于白坡水库边上。刘家高杂山比小山上又要高一些，高一百多米。据老人们说，刘家高杂山以前是刘姓家族的坟山，山上确实有十多座古老的坟墓，我也曾经亲眼看过墓碑，碑文记载的都是刘姓逝者，也许这就是"刘家高杂"山这个名字的来源。至于"小山上"的得名就难以考证了。

俗话说："靠山吃山，靠水吃水。"我的家乡自古以来，既没有高山峻岭也没有宽阔的海洋，只有一座座小山头和几座小型水库。小山还是分村管护，集体使用，水库的水只能用于水稻栽种和村民饮用，更显得无比珍贵。二十世纪七八十年代，我上小学和初中时，每逢学校放假和下午放学，都会跟随大人或小伙伴一起上山砍柴、抓松毛等。那个年代，农村很贫穷，虽然家家户户都通上了电，但只是用来照明，根本舍不得用电烧水煮饭，再说家用电器也很少。这样一来，烧火煮饭全都靠烧柴，刘家高杂山和小山上也就成为全村老少捡拾柴火、放牧等的去处。这两座小山也自然而然成为世代村民的福宝地。只要谈起家乡的山，大人小孩都知道刘家高杂山和小山上，可以说是家喻户晓，人人皆知。

刘家高杂山和小山上，植被茂密，数青松最多，也有冬瓜树、松树、野杨梅树、卡卡果树、山楂树和一些不知名的灌木丛，还有杜鹃花、山茶花、牵牛花等野花、野草。大的树木可以做瓦屋住房的柱子、椽子和楼楞等，砍柴也只允许剔枝和砍伐杂木。有时候，为了保护我们村的山林，人们还会偷偷地去其他村山上砍柴，最近的就是去刘家高杂山后面的烟子冲村委会管辖的韩家村和仙人角村山上砍柴。如果不小心被守山人发现，自己的砍柴工具就会被没收，还会被罚款。守山人也很聪明，一旦发现有人砍伐树木，他们会提前守在必经之路拦截。当发现守山人时，已经来不及躲藏，只能丢下柴火及工具逃跑，过后再找亲朋去索要工具。有一次，我的砍柴斧头也被韩家村的守山人抢走了，后来还是父亲去找村长说情，才将斧头要回来。

家乡的刘家高杂山和小山上，植被保护完好，疏密结合，生长茂盛，土质疏松，阳光照射充足，适合野生菌生长。夏季雨水充沛，阳光暴晒，正是野生菌破土生长的好季节。清晨上山捡拾野生菌的人很多，都是满载而归。青头菌、见手青、干巴菌、鸡油菌、铜锣菌、奶浆菌、松子菌最多，秋冬季还有一窝阳菌和北风菌等。有时上山抓松毛树叶都会抓出野生菌。山脚的白坡水库，只是个小型水库，但水质很好，供三四个村子人畜饮水和农田灌溉。春夏常有成群的野鸭、长脖子老鹳戏水，冬季也有少许海鸥及不知名的候鸟到此过冬。水库里也养殖着一些鲤鱼、草鱼和花白鲢鱼，大的足有五六公斤重。每年中秋和春节，管理人员都会将水库中的鱼捕捞上岸，周边的村民都会去抢购美餐，都想讨个好彩头——年年有余。

家乡的小山，在我的印象中虽然不太高大，但它一直都翠绿，依山傍水，景色优美别致，让家乡人民留下美好生活的印迹。近几年来，据家乡传来的喜讯，各级政府部门积极响应"绿水青山就是金山银山"的理念，正在打造"森林县""森林乡""森林村"建设，对森林植被和水库加大保护力度并已初见成效，山更绿了，水更清了。上山砍伐树木的人没有了，抓松毛树叶的人也少了，每家每户都用电和煤烧水煮饭。刘家高杂山和小山上的森林更茂密了，野生菌和野生动物也越来越多，上山路过都能见到野生菌和小动物欢快蹦跳。

家乡小山，让我记忆犹新，终生难忘。它记录着我的童年生活与成长，它的一草一木都让我铭记于心。山不在高，在于灵气，小山让家乡风调雨顺、丰衣足食，人们过着美好幸福的生活。在此，希望家乡人民永远守护好小山，让小山守护好家乡每一寸土地，给家乡人民继续带来福祉。同时，祝福家乡的小山永远常青、山野翠绿、鸟语花香，永远造福于家乡人民！

（作者家乡的小山）

（作者家乡新貌）

第四辑　激扬的工作热情

永恒的印记

秋天是收获的季节，烤烟收购序幕正式拉开。根据工作需要，我被单位派到云南曲靖马龙区旧县街道旧县烟叶收购点，参与收购工作。当我驾车沿着昆曲高速、旧县乡道来到旧县烟点时，一幢两层高的老旧职工宿舍楼、一间瓦屋面收烟仓库和一堵围墙围着的菜园地吸引了我的注意力。这里是我刚参加工作的地方，那时，这里是旧县烟叶站所在地，如今是一个收购点。现在想起来，已经过去三十四年了。

记忆中，1987 年 7 月 31 日，我刚从曲靖财贸学校毕业，被分配到马龙县烟草公司工作。当时，我连马龙在什么方向都不知道，坐在通往马龙县城的班车上，恰遇同校一位专修班姓唐的师哥，他把我带到马龙烟草公司报到。8 月 3 日清晨，我又带上自己的一个背包、一个装衣服的木箱子、一个装满书籍的纸箱，乘坐通往马鸣乡的大班车赶往旧县烟叶站。这辆班车每天只有一趟，途经王家庄、马过河、旧县三个乡镇，而我在旧县下车。一上车，我就跟售票员大姐说，到旧县时提醒我下车，我没到过旧县，怕坐过站了。到旧县时，班车在路边一个岔路口停下，我刚下车，身材魁梧的彭姓烟叶站站长早已等候多时，并大声说道："哪个是烤烟公司分来的？"我急忙答道："我就是。"彭站长很热情和善，他看到我有三件随身物品，还有些沉重，我和他两人不好拿，他叫我稍等着，他去叫了两个同事来帮忙。随后，彭站长叫来姓李的会计和姓高的出纳，推着两辆自行车，帮我把东西驮回了旧县烟站宿舍里。

彭站长是个热心肠的人，听说我要来烟站报到，早就安排他妻子准备了丰盛的午饭，让我在他家一起吃。彭站长一边吃饭一边跟我介绍着旧县烟站的基本情况和当地的风土人情。他特别强调说，旧县这个地方有个部队驻扎在此，每个月部队里都会放几场露天电影。村里的小姑娘都很大大咧咧，白天下地干活，晚上遇上部队放电影会穿上漂亮的花裙子，成群结队去玩耍，叮嘱我千万不要跟她们打架闹事。我的工作就是跟会计记三级账，附带审核、装订收购单据，办公和住宿在一间屋子。彭站长要求我尽快熟悉环境和业务，好好安心工作，跟同事们搞好关系。当时，烟站有个姓刘的炊事员煮饭，全站加我只有六个正式职工。一般只有我们四个单身年轻职工在食堂就餐，每月结束后结一次伙食账。宿舍里也有一个小灶，也可以自行开火煮饭吃。

20世纪80年代的旧县烟站，整个院子占地面积大约有一千五百平方米，大门是两米多高的铁栏对开门。进门右边有一幢两层楼的砖混宿舍，坐西朝东而建，每层有七间房屋，二楼最南边的一间是会议室，全站大事小事都在这里商议决策，还有一台14英寸的黑白电视机，只有两三个台能看。其他房间都是员工宿舍和临时收购人员住的，每间宿舍有四十多平方米，我就住在二楼靠大门的第三间。每间宿舍又分为内外两间，内间供住宿和办公，外间用于休息、会客及吃饭。外间右墙角处建有一个五六十厘米高的方形小灶，宿舍楼刚建起来才两年左右。

宿舍楼对面建有一间瓦屋面收烟仓库，仓库前面还有一个遮雨棚，每年烟叶收购都在这里进行。我来时正逢烟叶收购旺季，整个场院内挤满交烟叶的农户，很是热闹。烟农们人背马驮按15个等级卖烟，都是现金交易，收购验级、过磅、开单、付款、入库等都是手工操作完成。场院的最南面有一块七八十平方米的菜园，还被一米多高的围墙围着，菜园地里建有一个公厕和一个全封闭消防水池。彭站长喜欢养蜂，他在消防水池边上养了七八箱蜜蜂，时常见他头戴防蜂面罩观察蜜蜂和割蜜。菜园地里还种植着九棵滇朴树、两棵梧桐树、两棵圆柏树，宿舍楼前花台中也种着三棵香樟树、两棵扁柏树。场院全是水泥地面，可容纳四五十辆轿车停放。

今年收购时节，离开这里三十多年的我，又一次来到此地短期上班，说明这块宝地跟我有缘。现在回想起来，刚参加工作时，刚出校门的我只有20岁，风华正茂，血气方刚，在这里只工作生活了三个多月，准确地说只有108天。刚好收完一季烤烟，由于机关缺人，我又是中专生，就被上调到县城机关工作了。上午站长刚接到电话告诉我，下午公司的货车就来接我。当时，全站的干部职工都很惊讶！我自己更是一头雾水，心想自己一年的试用期都还未满，还没正式转正怎么就要离开旧县烟站？

午饭过后，跟同事们短暂告别，真有一种依依不舍的感觉。没想到，刚熟悉烟站环境，我就要离开，心中满是不舍。彭站长和张副站长年长一些，深情地对我说："小陈，这里是你的家，你要经常回来啊！"年轻的同事有点羡慕加嫉妒地对我说："还是你多喝了点墨水好，刚来几个月就上调机关了，我们做梦都不敢想。"站长还特意安排人到供销社买了一个保温水壶送给我留作纪念。

现在的旧县烟站早已搬出原址新建近20年了，并且是现代标准化烟站，原址变为一个烟叶收购点，收购点名叫旧县烟点，而且是旧县烟站下设的九个收购点之一。虽然过去34年了，烟点也只有两名职工坚守，但这里的样子基本没变。我离开后，只是场院的左边又新建了一幢两层高的砖混结构的仓库，上面多了一层季节工宿舍；老仓库的收烟棚改造为砖型彩钢瓦，收起烟来比以前光线更好些。

职工宿舍、老仓库、院内地板、菜园地、公厕及消防池仍然还在。变化最大的是菜园里和花台中的滇朴树、香樟树、圆柏树、扁柏树和梧桐树，它们都已长成十六七米高的参天大树，而且枝繁叶茂。我住过的宿舍只是门窗有些老化变色，屋内的小灶台仍然存在，看样子也有好些年没人居住使用过了，还算保存完好。

时代在进步，经济在发展。经过三十多年的变迁，旧时的旧县烟站原址已变为旧县烟点，曾经在这里工作和生活过的烟草人多数都走上领导岗位且年过半百，他们把自己的青春岁月留在这片热土上，为企业和地方经济发展做出了一定的贡献。这里是我工作的第一站，也是我的工作起点，这里的一草一木和每一寸土地都见证着我的成长，更给我留下了美丽乡愁和永恒的印记。这里短暂的生活和工作经历让我终生难忘，我相信自己还会再来的，真心希望这里的原貌永远保留，这里的树木万古长青。

真心祝福坚守这片热土的同事们幸福快乐！祝福勤劳、淳朴、善良的旧县人民永远过着美好的幸福生活！更祝我们的企业蒸蒸日上，为地方经济发展做出更大的贡献。

（作者在烟草种植地留影）

我的驻村扶贫故事

一、踏上驻村扶贫路

2018 年 4 月初的一个清晨，刚上班，党委书记、经理杨树虹就把我叫到他的办公室，慎重地跟我说："陈委员（单位同事都这么叫我），政府安排我们单位派扶贫驻村工作队下去驻村扶贫，这是党中央的号召。经过党委研究决定派你去，并且由你担任队长。你是老领导、老党员，工作经验丰富，各方面工作都很出色，你去比较合适，相信你一定能做得很好。"

驻村扶贫一去就得三年，时间长、离家远，而我年纪又偏大，妻子现在也被单位派到乡下工业园区上班。思索了片刻，我回答道："经理，我不想去，更胜任不了队长职务，还是派年轻的、有发展前途的优秀干部去吧。"说完，我看到他有些愁眉不展，又想到自己是一名共产党员，工作三十多年，担任过二十多年的中层干部，虽然退居二线了，但还是要服从组织安排，发挥好余热，为单位分忧，这样才能对得起单位多年的培养和关怀。于是我又跟经理说道："经理，我去只能当工作队员，不能担任队长。我现在是一名普通党员、普通职工，队长还是应该由现任实职的同志担任比较好。我觉得郭云华同志比较合适，他是党群工作科副科长，年轻有为，工作能力强，让他锻炼锻炼，以后好发展。"杨经理微笑着说："嗯！有道理，就这样，准备一下，明早由局长送你们去马鸣乡永胜村委会报到。"

第二天上午，我和郭云华、姜贵云三位同志带上各自的生活日用品及简单的行李，在党委副书记、专卖局长吴自祥的带领下，驱车赶往永胜村委会。按照上级要求，驻村干部实行全脱产，只是身份和工资待遇保留在原单位，党组织关系必须转入所驻村的村民小组党支部。刚上车，我就想，这回真的当上驻村扶贫干部了，不知那里的吃住及工作条件如何？自己适不适应？三年待不待得住？我们乘坐的车一路前行着，吴局长跟我们说道："你们三个将来在村里会很辛苦，要好好工作，有什么困难尽管提出来，组织上会帮助解决的，我们也会经常去看望你们的。"我们三人都没作声，车上很安静。

三人中我年纪最大，过了片刻，我便说道："放心吧局长，我们会好好驻村的，也会认真工作，真有需要肯定会向你们领导和组织报告的。"就这样，我们踏上了驻村扶贫路。我们乘坐的车通过了昆曲高速，又行经旧县乡村便道，一路经过了十多个村庄，行驶了四十多公里，终于到达了驻村扶贫目的地——马鸣乡永胜村委会。

二、驻村扶贫第一天

当我们的车子驶入永胜村委会院内时，村委会党总支书记金华录和主任戴昆贤率领班子成员早已等候着我们了。他们面带微笑分别跟我们每位握手，并说道："欢迎！欢迎！"接着，金书记就引着大家走进一楼会议室。刚坐下，金书记就向我们介绍道："这位是戴昆贤主任，这位是监委会王留珍主任，这位是杜成荣副主任，这是张委员、蒋委员。"

我们单位的吴局长也介绍道："这位是我们烟草公司派来你们这里驻村扶贫的第一书记、工作队队长郭云华；这位是工作队员姜贵云，我们单位多数同事都叫他姜老师；这位是工作队员陈国林，我们都叫他陈委员。他们三位同志都是多年的中层干部、共产党员，在多个部门任过职，工作能力很强。特别是陈委员，他年纪最大，担任过监察审计科科长、财务管理科科长、人事劳资科科长、党支部书记、党委委员，经验很丰富。今天他们三个人就交给你们了，希望大家以后能相互支持、相互照应，团结协作，把永胜的脱贫攻坚工作抓好。"

简单的见面会结束后，金书记说："今天先把食宿问题安顿好，明天正式开展工作，扶贫工作复杂，是个系统工程，这里的工作生活条件差，请各位多谅解包涵。"

我们烟草系统点多面广，县（区）里设立烟草专卖局（分公司），乡镇有烟叶收购站，村委会多数都设有烟叶收购点，永胜村委会也有一个收购点，叫作街子房收购点，跟村委会一墙之隔。由于村委会房间少，无法安排我们三人的住处，就只能安排我们在烟叶收购点住，也还算方便；吃饭在村委会食堂，有个老王师傅煮饭。烟叶收购点的领导听说我们要来驻村扶贫，早就给我们准备了一间宿舍，在仓库二楼中间的位置，休息一会儿后，车将我们送到烟叶收购点，卸下我们的随身用品和包袱。

我们三人打开房间大门，里面分两部分，外面是烟点监控室，里面才是我们的宿舍，还有一道木质中门可以关起来。整间宿舍有十六平方米，有大、中、小三张床，一张双人木床、一张单人席梦思床和一张铁皮小床，按大小顺序从左到右摆放着，床间距离很窄，只能容纳一人通过。这三张床有二十多年的历史了，是以前烟点职工留下来的，虽然有些破旧，但也还结实稳固。宿舍里有一道玻璃窗，铁皮窗框早已锈迹斑斑，还没有挂窗帘，向外望出去就是农民的耕地和大山。宿舍地板是水泥地板，墙面是以前粉刷过的白色墙面，下半截是一米高的油漆墙裙。这间屋子一看就好些年没人住过了，听点长说前几天还专门找人清扫过。

烟点里只有两位女职工居住，平时人少，只有收购烤烟时才会热闹起来，但也只有打包的外地人才会在烟点住，其他的收购人员是附近村子里的，他们都回家住。所以，房间有些破旧，也没修缮，只是这次听说我们要来住才清扫、腾空的。点长叫作董天粉，担任点长十多年了，四十出头，身材微胖但匀称，身高一米六左右，在两个乡镇五六个烟点工作过，看上去人很聪明能干，又勤快和善，是个女强人。她跟我们说："不好意思，条件就这样，委屈你们三位领导啦！你们先忙着，有事直接跟我说，我会尽力想办法解决的。"此外，她还把旁边的会议室钥匙交给我们，说里面有台老式电视机，只有几个台，画面效果差点，但可以凑合看看，晚上没事时也好打发时间。跟我们打完招呼，她就去工作了。

烟点另外一名女职工叫作高慧春，她是烟点的仓库保管员，五十四岁，身材偏瘦，身高一米六左右，还有不到一年她就要退休了。她听说我们来了，很高兴地跑来看望我们，并告诉我们需要帮忙就跟她说，人们都叫她"高姐姐"。她很善良热情，在基层烟点工作了一辈子。

晚上的驻村地真是很安静。村委会和烟点建在村庄的外围边上，领导都是当地人，晚上都回家住，烟点的两位女职工今天下午也刚好去烟站参加会议不回来了，驻村扶贫的第一个晚上只剩下我们新来的三人住在烟点。队长睡大床，姜老师睡铁皮床，他们两人把中间的席梦思床让给我这位老同志睡。我躺在床上一直难以入睡，外间的监控设备嗡嗡作响，窗外的风声伴着蛐蛐声，微弱的夜光从窗外射入，心里感觉很是凄凉。思绪万千，我感觉他俩也翻来覆去没睡着，此时的心情也应该跟我一样吧！会想家人、孩子及接下来的工作怎么办？如何适应这里的生活及工作环境？到了后半夜才迷迷糊糊不知不觉地睡着了一会儿。驻村扶贫第一天就这样过去了。

三、熟悉掌握村情民情

上午九点，我们驻村工作队队员来到村委会一楼会议室，金书记召集村委会班子成员和我们驻村队员先开个会。他先介绍整个村委会的基本情况：永胜村委会现有农户466户，人口1772人；建档立卡贫困户76户，贫困人口267人；低保户42户107人；残疾户18户18人分散供养五保户6户6人。村委会下辖11个村民小组、10个党支部、一个联合党支部，共有中共党员82人（含驻村工作队三人），我们三人的党组织关系划归街子房村民小组党支部。他还介绍说，永胜的致贫原因主要是产业单一，缺技术、资金、劳力等。目前，农民收入主要靠种植烤烟。条件比较差的村子是窑山、岔河和十八亩村，有效耕地面积少，村庄偏僻，交通不便。

最后，金书记总结道："从今年开始，党中央下决心用三年时间坚决打赢脱贫攻坚战，区委区政府给我们派来了驻村工作队，帮助我们抓好扶贫工作。从今天开始，驻村工作队跟我们吃、住、工作在一起，村委班子成员及村组干部要积极配合，共同出谋划策、担当作为，让永胜早日脱贫出列，让农民过上幸福日子，这是我们党员干部的光荣职责和使命，我们必须做好各项工作。希望驻村工作队的同志用一周时间尽快摸清村情民情，边熟悉情况，边投入工作，我们会当好向导、引好路，大事小事一起商量处理。"

脱贫攻坚工作重点是"两不愁三保障","两不愁"即吃不愁、穿不愁，"三保障"即基本医疗保障、住房安全保障和义务教育保障。具体涉及养老、医疗、教育、产业、饮水、种植、养殖、通村道路、居住环境、创文、扫黑除恶等十多个方面，可以说方方面面都要关注。我们驻村工作队在村组干部的积极引导配合下，从建档立卡贫困户入手，逐村逐户登门走访，了解他们的生产、生活情况及存在的实际困难，实地察看村庄的出行道路、环境卫生、人畜饮水、居住条件等情况，并与贫困户及村组干部交流思想、沟通情感。

当我们来到最贫困的窑山村时，小组长（也叫村长）张文光早已在村口等候我们多时了，他个头矮小，黄皮寡廋，穿着淡黄色夹克和一条米灰色裤子，衣着单薄，满身灰土，脚穿一双老旧解放鞋，见面就说："欢迎你们的到来，并感谢领导们的关心！"金书记急忙介绍道："这位是窑山村的组长张文光。文光，他们三位是驻村工作队的，来你们村看看，了解一下情况，你就详细地说说吧！以后他们会经常来。"张组长急忙答道："好呢。"

张文光组长带领我们顺着土路进村了。我环顾四周，窑山村坐落在一个半山坡上，也不算太陡，村前50米左右有一条水泥路，村子周围都是大山，山上植被茂密，只是看到的有效耕地很少，村边种有一些梨树、桃树、李子树，还有一些竹子，自然风景很美，一看就像个民族小村，依山而居。听组长说，窑山村是个苗族村，只有18户人家，共62口人，有一名党员，耕地面积少，农民收入来源主要靠打猎、采药、养殖、烧蜂、拾菌、务工，只有一家种烤烟，全村基本都享受政府低保政策和救济粮补助。

自然风光虽好，但村子里的环境实在是很差，连个像样的厕所都没有。房前屋后牲畜粪便成堆、杂草丛生，家家户户养鸡养狗，而且都是散养；有两三户养羊，一进村就臭气熏天。村中只有八户人家住的是政府以前建的简易安居房，其余都是破旧不堪的瓦房，多数都是人畜混居。我们走进村口苏兴明的家中，家中五人，四人享受低保政策，三个小孩中两个身有残疾，人均收入两千多元。进门的左边是羊圈，后半屋是人住，吃住都连在一起。楼上堆放着少量苞谷等杂物，墙壁被炊烟熏得黑乎乎的，屋内白天都要开灯才能看得见东西。随后，我们又来到罗田忠家，三人生活，两个老人、一个智障儿子，而且儿子的视力也不好。户主罗田忠还是上任村小组长，上年他家还种植烤烟，因缺劳力今年就没种植烤烟了；智障儿子不小心还摊上了点事，赔了一些钱。收入也是靠养殖、拾菌，居住房屋也属危房，家里环境乱七八糟，床铺都是用空心砖头垫起来的。

我们问了张组长，他说全村每户基本都是这个样子，每家养的猪、鸡基本都是只吃不卖，生活用具及家具很破旧，家里卫生不收拾打理，这是多年来养成的坏习惯。男同志有点钱就买酒喝，基本每顿饭都离不开酒，不会想办法赚钱过舒心日子。全村在外务工13人，文化素质低，也赚不了多少钱，只能养活他们自己，勉强维持小孩上学和家庭日常开支。苗族人淳朴、好客、善良，上山烧蜂、打猎、拾菌都是一把好手。这真像我在二十世纪七八十年代的农村的幼年生活，难怪全村都是贫困户。只有通过脱贫攻坚、创文活动帮助他们改变思想，改掉不良生活习惯，提升人居环境，引导贫困户自力更生、转变观念，争取政策扶持，增加家庭收入，才能让他们脱贫致富过上好日子。

离开窑山苗族村，我们又来到了不远的岔河村。村庄也是坐落在半山坡上，环境优美秀丽，群山环抱，只是村中道路弯急坡陡。该村有农户26户，建档立卡贫困户四户13人，收入主要靠种植烤烟和养殖，致贫原因主要是住房不达标及生病。我们来到贫困户戴天云家，他家有五人，种烟七亩，养殖牛、羊、猪，年收入两万多元，住房属危房，打算年底新建。随后，我们又来到贫困户王从祥家，家中有四人，种烟七亩，年收入也是两万多元，目前脚扭伤无法劳动，住房也是危房。王从堂跟王从祥是亲兄弟，他家有三人，其中两个是老人，他自己未成家，收入靠种植烤烟和打零工，住房也属危房，王家兄弟俩也打算下半年建新房。另一户是单身一人，常年在外务工，年收入3万多元，居住在自己的烤房内，政府计划年底兜底建房。

白石岩村有农户50户，贫困户12户35人，多数家庭收入来源也是靠种植烤烟，致贫原因主要是住房不达标。十八亩村有农户65户，贫困户10户

30人，居住很散乱，收入来源和致贫原因跟其他村都差不多。我们也迅速入户走访了其他村民小组，详细摸排了解相关情况。如果白天找不到人，就晚上登门走访。

我自己的挂钩联系户在街子房村民小组，户主叫作黄保平，34岁，一直未成家，家中有三人，父母年老多病，父亲患高血压，他自己也是双手有残疾，家中缺乏劳力，住房属危房，两人享受低保，他自己也享受残疾补贴。全家仅靠他一人在城里一家企业打工维持生活，收入每月三千多元，还算稳定，就是住房不达标，正做工作让他家年底建新房。就这样，我们用一周时间跑遍了11个村民小组76户建档立卡贫困户，跟村支书和组长及贫困户交心谈心、沟通思想、了解掌握村情民情和家庭状况等，并认真做好记录。同时，村组干部及农户也可以尽快熟悉了解我们，从而为接下来的驻村扶贫工作奠定坚实的基础，顺利打开新的局面。

四、共商共谋改善民生

永胜村委会是马鸣乡的边缘村委会，东北与旧县街道接壤，西南与马鸣村委会相邻，西北跟昆明的嵩明县和寻甸县接壤。尽管多年来在各级党委政府的高度重视和大力支持下，该村的基础设施和村容村貌已经有了很大改善，但离国家乡村振兴和改善民生的要求仍然存在很大差距，部分村组自然条件受限，交通不便，产业单一，居住环境恶劣，少部分自然村及农户仍然处于贫困线上。

我们驻村工作队跟村委会班子，通过大量实地走访、了解分析存在的问题及短板后，根据国家相关支农惠农政策，结合当地实际情况认真谋划、明确思路，争取多方支持，下定决心改善民生。从稳定烤烟生产、改善基础设施、扩大产业发展、提升人居环境、引导外出务工等方面入手，用好用活国家政策，认真抓好抓牢各项工作，让农户多渠道增加收入，力争早日脱贫出列，让永胜人民过上幸福生活。

烤烟不仅是当地农民经济收入的重要来源，更是支柱产业，因此要坚持稳定种植面积，分配适当倾斜贫困户，加大科技种植、烘烤、分级培训力度，提高产值产量，稳定农户收入。另外，规划新建一个盛达生猪温室养殖场，计划投资 300 余万元，养殖规模 3000 头，并于 2018 年 4 月中旬破土动工，采取"合作社+农户"的运作模式，并由村委会主任兼任合作社社长，重点考虑建档立卡贫困户入股分红模式增加农户收入，同时壮大村集体经济。该项目于 2019 年 6 月全面完工，各种设施设备安装调试完毕，8 月正式投入养殖，计划年底出栏销售，见效分红。

另外，针对窑山村耕地少又无法种烟的特殊情况，加上苗族人又有喜爱烧蜂养蜂的习惯，乡政府补助资金每户养殖蜜蜂三箱，请曲靖农科院养蜂专家对农户进行手把手培训，传授养殖经验，并于当年出售蜜蜂及蜂蜜，已初见成效，产生收益。养蜂产业的成功发展给窑山村贫困农户带来了很好的收益，全村人喜笑颜开。在生产生活及人畜饮水上，烟草部门于 2017 年投资 286 万元新建小狼山塘坝一个，可以解决长冲、街子房、永胜等六个村组生产用水。2018 年投资 36 万元解决了窑山村农户人畜生活用水，让苗家人用上了清洁干净的自来水，其中烟草公司出资六万元。在通村道路上，积极争取政府资金 1700 万元，新修了一条 7.8 公里长的永新水泥路，5 月开工，年底完工通车，不仅缩短了通往乡政府的行车路程，更方便了当地老百姓办事赶集。

烟草部门还在永胜小学大门前投资 13 万元新建了一座砖混结构跨河桥，方便学生上学和村民安全过河。在村民活动阵地方面，又投资 250 余万元新建街子房、永胜、十八亩、窑山、岔河村组活动室，配齐配全活动设施，并制定了管理制度，还设有独立的党支部办公室。为党支部正常开展"三会一课"教育创造条件，让基层农村党员有了自己的活动场所和自己的家，同时为全村农户操办喜事、召开会议、娱乐活动等提供了方便，为丰富乡村文化搭建平台，奠定基础。在人居环境提升方面，结合创建全国文明城市的开展，全民动员、领导挂帅、党团员带头，从严从快认真整治村容村貌，规范垃圾清运集中处理，每村配置一名专职卫生清洁员，坚持每天清扫村中垃圾。还定时组织党员和村组干部清理铲除路边杂草，督促农户做到"一分五净四有一规范"，即人畜分居，厨房、卧室、客厅、个人卫生、室外卫生（庭院）干净，厨具、家电、衣被等物品摆放规范。尤其是窑山村，乡政府和村委会专门调剂资金 60 余万元进行重点整治，新修村中水泥路，室内屋外粉刷，修缮房屋，自来水接通入户，清理"三乱"，建公厕，进行道路绿化，让半年前脏乱差的苗族村变成了干净、整洁、美丽的秀美山村。

全村委会组织引导省内外和就近务工人员 60 余人，烟草部门组织种烟技术培训 30 余人，贫困户重特大疾病家庭医生签约 16 户 17 人。

五、先进事迹铭记于心

驻村扶贫期间，我们经常听当地村民说起永胜有很多先进人物事迹。2018 年 8 月 2 日，我们驻村工作队跟随乡政府领导高文祥、村委会金书记等，在长冲村民的带领下，一同来到后山上的一处墓地，在青松茂密、杂草丛生处矗立着一块历史悠久、刻有文字的石头墓碑。村民说这座坟墓是前几年连碑和遗骸一起，从村对面山上迁移过来的，坟堆还重新培过土。

碑文写道："蔡朝府，男，1907 年 2 月生，1948 年 2 月参加民变反蒋武装起义，1949 年 3 月 21 日在攻打寻甸伪县政府战斗中负伤，医治无效，同年 4 月 15 日牺牲，年仅 42 岁。"下山后我们又立即找到长冲村年长的几位老人，进一步了解英烈蔡朝府的感人事迹。听老人们回忆说，蔡朝府是长冲本村人，在寻甸中学任过教，担任过游击大队长、保长，生有一个男孩，早已无后人了。无数蔡朝府这样的革命英烈，用年轻的生命换来了我们今天的幸福生活。蔡朝府的英勇事迹在永胜人民心中世代传颂，永远激励着他们不忘过去、牢记历史、努力建设美丽家园。蔡朝府的先进事迹和爱国情怀感人肺腑，他是我们学习的好榜样，我们将永远铭记、爱戴他。

十八亩村还有一位巾帼标兵，她叫作张三囡，今年 82 岁，1937 年 8 月生，1955 年 10 月加入中国共产党，1964 年至 1967 年在原寻甸县龙海公社担任妇女主任，1968 年至 1997 年在马鸣乡永胜村委会（原称大队、村公所）

担任妇女主任、计划生育宣传员。2021 年 7 月 8 日，我们驻村工作队和村委会领导到她家走访看望她时，老人家格外高兴并热情地接待了我们。老人看上去就是个气质非凡、低调做人做事的能干女人。她身体还很健朗，耳聪目明，口齿清晰，和蔼可亲，穿着也很干净得体，只是身材有些矮小瘦弱，她自己居住在老屋，屋子收拾打理得井井有条。老人一生养育了六个子女，三男三女，一个儿子在乡政府工作，小儿子也在本村担任副组长，儿女全都成家立业，她一直跟小儿子一起生活。

当我们问起她以前的辛苦工作时，她清楚明白地回忆往事并讲述给我们听，特别说到了 1983 年 6 月去北京参加全国三八红旗手表彰大会的事。她自己从乡下走路，坐马车、汽车、火车，耗时半个月才赶到北京参加了表彰会，也亲眼看到了天安门。她说："到了北京看到天安门，我激动得流下了眼泪，这是我一生的光荣，受到国家表彰是我的荣幸，衷心感谢共产党的好领导！"

她的小儿子上楼将她一生获得的各级表彰的部分证书及相关照片拿来，我边看边数，一共有 16 本获奖证书，照片都是黑白的而且都有些变黄了，听说还有一些因时间太长被弄丢了。张三囡老人荣获全国三八红旗手称号、县级以上优秀共产党员、先进工作者、优秀人大代表等二十余次。

她一生勤俭持家，热爱党的事业，把自己的毕生精力和热血奉献给了当地的妇女工作，引领妇女群众发挥好半边天作用，带头勤劳致富。她诚恳做人、低调做事的先进事迹在永胜名扬各村，家喻户晓，鼓舞激励着一代又一代永胜人。她是我们学习的好榜样，是值得传颂的巾帼标兵，是当代中国妇女和共产党员的楷模。

街子房村还有一位叫作张建忠的司法调解员，今年 57 岁，中共党员，初中文化，中等身材，性格开朗活泼，有时像个老顽童。他每天都身着公安制服上班，人们都称他为"张公安"。他家就住在我们驻地烟点对面，相隔只有一百米左右的距离，几乎是大门对着大门。他差不多每天都和我们在一起，每晚都会来宿舍陪我们一会儿，连收购点的大门钥匙也由他掌管。

在永胜村委会要数"张公安"的职务最多。他是街子房村民小组的党支部书记，我们三位驻村干部的党组织关系就是在他的党支部。他还是公安治安管理员、烤烟科技员、法院陪审员，还当过村长。他从事治安管理和司法调解工作三十多年，走遍永胜11个村组460多户人家，不管刮风下雨，每天都穿着制服走村串巷，开展治安巡查和纠纷调解工作，小到两三岁的小孩，大到八九十岁的老人都认识他。有时候小孩哭闹，只要一说"张公安"来了，小孩立刻就会停止哭闹。

每村每户的家庭情况、人员结构及入户路况，他都倒背如流，无人能及。当我们问起他司法调解工作的条件时，他说："以前条件差，进村入户先是靠走路，后来有了自行车。现在条件好了，我买了一辆电摩托。"当我们询问他解决村民之间及村民家庭成员之间矛盾纠纷有多少件时，他说："记不清了，少说也有两三千件吧！"当我们又问他都是些什么纠纷时，他说："都是些赡养老人、子女读书、宅基地、住房、打架、借款等方面的问题。"

他工作认真细心，兢兢业业，吃苦耐劳，经验丰富，和蔼善良，男女老少都喜欢他、佩服他，他办理的各种纠纷调解案子，当事人双方都心服口服。

由于司法调解工作成效显著，2018年他被云南省司法厅授予连续从事人民调解工作三十周年荣誉称号，获发证书一本和荣誉纪念章一枚，还受到国家表彰。这不仅是马龙司法调解战线及马鸣乡和永胜村委会的荣耀，更是张建忠同志辛苦工作的认可。

无论是长冲村的革命英烈蔡朝府，还是十八亩村的巾帼标兵张三囡，以及街子房村的人民调解员张建忠，他们的先进事迹永远激励着我们驻村工作队和永胜人民，他们是真正的共产党员的典范、人民的公仆，在平凡的岗位上做出了非凡的业绩。他们的先进事迹永远铭刻在我们心中，我们将以他们为榜样，情系家乡人民，踏实勤奋工作，引领永胜人民早日脱贫致富奔小康。

六、企业爱心助推脱贫攻坚

烟草企业是国有重点企业，烟草行业也已发展成为支柱产业，在云南占有举足轻重的地位，多年来在各级党委、政府和上级部门的正确领导下，烟草系统一直心系群众、关爱烟农，把烟农视为衣食父母。在生产经营、基础设施建设等方面逐年加大投入力度，县级分公司每年平均投入项目资金上千万元，为当地农民增收致富打牢基础。近两年来，马龙烟草分公司烤烟指令性收购和丰产烟计划保持平稳增长，在烤烟种植合同分配、烤房建盖、农耕机械、小水窖、机耕路道、种烟土地流转等涉烟项目上，适当倾斜贫困乡、贫困村、贫困户，为烟农带来了实实在在的经济收入和实惠。

2016年和2017年，我们积极争取上级项目资金4500余万元，在马鸣乡、纳章镇、王家庄街道新建小狼山、小天生坝、小冲坝塘三座水库；2018年又在马鸣乡密郎村委会投资360余万元，新建小红石岩坝塘一座，解决当地村民生产灌溉及人畜饮水困难。随着脱贫攻坚工作力度的不断加大，分公司积极响应号召，派驻村扶贫专干四人，分别住在永胜、密郎两个贫困村委会，协助抓好脱贫攻坚相关工作。我被组织安排在永胜驻村，永胜村委会是十多年来马龙烟草分公司一直挂联帮扶的贫困村委会。2018年我见证了自己单位为驻村地爱心捐赠支持款物达30余万元，其中捐赠永胜小学改善设备设施资金10万元；六一儿童节组织机关全体职工募捐资金2万元，为全校76名学生购置书包及学习用具；为乡爱心超市购置贫困户积分，兑换厨房炊具一万元；捐赠窑山人畜饮水改造资金六万元；为永胜、十八亩、窑山及街子房村活动室捐赠办公桌椅、沙发及76户贫困户家具、用具、被褥等价值五万余元；捐赠村委会扶贫工作经费两万元；烤烟抗旱保苗专项资金四万余元。这些善款体现了烟草企业和广大干部职工的点滴爱心，也是企业的社会责任所在。企业的发展离不开基层组织及广大烟农的辛勤汗水，企业有了效益就要力所能及为当地百姓献爱心、做好事。

烟草项目的投入和资金的扶持都是涉农惠民工程，这是烟草企业和广大干部职工应尽的社会责任。尽力帮助帮扶贫困乡镇及村组和贫困户脱贫致富奔小康，不让每户每人掉队，让他们早日过上美好的幸福生活，是我们烟草企业和广大干部职工的光荣职责和任务。

七、团结干事的领导团队

永胜村委会班子配置齐全、年富力强、分工明确、各司其职，各项工作开展顺利有序。党总支书记金华录总揽全局，是个能力强、作风硬、能吃苦、有谋略，工作认真负责的好领导，担任书记十多年，为人正派，群众基础好，威望高。党总支副书记、主任戴昆贤是个业务精通、精打细算、笔杆子很好的年轻人，做事认真，原则性强。监督委员会主任王留珍是个女强人，吃苦耐劳，工作细心，执纪严密规范，办事效率高。副主任杜成荣经验丰富，业务能力强，各种数据倒背如流，工作任劳任怨，从不计较得失，经常带病坚持工作。其他班子成员各司其职，尽心尽力，踏实工作。

还有煮饭的老王师傅，快六十岁了，厨艺很好，做事麻利，勤俭节约，精打细算，做的饭菜很可口，凉拌折耳根和苦瓜两道菜几乎每餐都有，每顿饭荤素搭配。另外，我们驻村工作队三人，第一书记、队长郭云华，数他年纪最小，精力充沛，年轻有为，工作认真踏实，驻村队的业务工作多数都是他做的。他的工作担子最重，还不忘关心老同志，真是个优秀的队长。队员姜贵云也是个多年来在公司担任中层干部的好同志，我们三位驻村干部中数他的职务待遇最高。他大事小事都操心，热情大方，幽默开朗，跟村组干部及农户沟通交流很有办法，大家都很喜欢他。

三人中数我年纪最大，每位同志及村组干部都很敬重我。他们说我阅历丰富，做事踏实认真，好多事都会征求我的建议和意见。其实我认为自己是搞业务出身的，可能多年来的工作习惯养成了做事认真仔细的特点，爱写工作日记，几乎每天都会把自己驻村的所见所闻和感悟记下来，并配上照片，感觉这样更真实。留下驻村工作生活的点滴情感和所见所闻，也为自己将来留个纪念。有时我也会配合队长（第一书记）、村委会领导及其他工作队员做点力所能及的工作。

通过驻村一年的相处，我认为永胜村委会的党政班子成员特别团结，责任分工明确，大小事务共同商量处理，每位领导都具备实干苦干精神，从不计较得失，各项工作落实抓得很到位，成效很高。我们驻村工作队的同志综合素质高、能力强，跟村委会的配合很默契，无论工作还是生活都像一家人一样，一起走村串寨入户，踏遍青山绿水，关注农民疾苦，各项扶贫工作业务都做得很好，工作开展很顺利，多次得到上级组织和领导的肯定和褒奖。2021 年，我的《驻村日记》还被曲靖电视台清风栏目采访报道。这不仅是对我们驻村工作队工作的肯定，更是对我自己的鼓励和鞭策。

八、驻村扶贫感悟

时间如流水，一去不复返，眨眼间，三年的驻村扶贫工作即将过去三分之一，各项基础工作顺风顺水，脱贫攻坚战正进入攻坚克难打开新局面的关键时刻。一声噩耗传来，我的妻子突发疾病不幸去世。她是一名公务员，也被单位派到新工业园区工作，发病在工作岗位上，一句话都没给我和家人留下。办完她的后事，我又继续前往驻村地参与扶贫工作半年。由于家里没人照管，唯一的儿子又在外地工作，加之我自己的身体状况不好，难以进入正常驻村扶贫工作状态，单位领导考虑到我的实际情况和困难，就安排我回原单位上班了。我的驻村扶贫工作就这样带着憧憬、辛酸、泪水和遗憾画上了句号。

如今，我虽然已回单位上班快一年了，但驻村扶贫的点滴生活与工作情景就像放电影一样时刻浮现眼前——进村入户开展"大走访、大排查"，摸底调查村情民意，查看烤烟生产收购，村容村貌环境整治提升，开展"三讲三评"活动，走访慰问贫困户。在永胜，与战友兄弟们及贫困户孤寡老人的相处场景让我难以忘怀，时常牵挂。

我人虽然回单位了，但心仍然还留在驻村地，不时还会翻开自己的驻村日记仔细品读回味。我时常会想起永胜人民的淳朴、热情、好客与勤劳，想起团结干事的村委会领导班子，想起一起驻村扶贫的战友，想起挂联的贫困户，还会想起老王师傅煮的可口饭菜。一年的驻村扶贫工作不仅让我结识了很多新朋友，更让我认识到国家脱贫攻坚战略的重大意义。驻村的日子是我一生的宝贵精神财富，虽然只有一年时间，但驻村扶贫让我学会了体察民情民意，关爱孤寡贫困人群，学会基层工作经验方法，学会如何跟农民朋友沟通交流思想情感。

驻村经历和故事，我永远也不会忘记。让我感到欣慰和高兴的是，我曾经驻村扶贫的永胜村委会在各级党委、政府的高度重视下，通过扎根基层的领导干部和驻村队的辛苦努力，已发生了翻天覆地的变化，建设村民小组家家户户住上了小洋房，窑山村环境优美喜人，盛达养殖场已产生效益，村村寨寨通上了水泥路并安装了照明路灯，家家户户通电、通水、通网络。目前，村子已光荣脱贫。

回想起驻村扶贫的日子，我不由自主地感叹道："驻村扶贫一整年，酸甜苦辣心中甜；有苦有乐又有累，团结战斗不疲惫。想起过往点滴事，民风淳朴存乐趣；惠民工程已见效，农民致富开口笑。党的政策就是好，脱贫攻坚抓得牢；基层组织战斗强，党员带头树榜样；攻坚克难谋思路，引领群众勤致富；爱党爱国爱人民，党员干部要先行；不忘初心担使命，为国为民永前行；驻村时间虽然短，可歌可泣故事现；留下真情和友谊，难分难舍难别去；遗憾含泪离开队，想起过往难入睡；天下无不散筵席，往后咱们再相聚。"

说到这里，我的驻村扶贫故事也基本讲完了，它是我的亲身经历。最后，再次祝愿我的驻村扶贫战友及长期奋斗在基层一线工作的领导干部们开心快乐幸福每一天！祝勤劳勇敢淳朴的马鸣永胜人民过上美好的幸福生活！祝愿我们伟大的祖国繁荣昌盛，人民安居乐业！

（作者走访贫困户家庭进行调查，左二为作者）

（作者参加工作会议）

苗家人种烟走上致富路

当下，正值烟叶成熟采烤交售时节，云南省马龙区月望乡深沟村委会赵家庄村民小组的苗族人家正忙碌着采收、编秆、烘烤、分拣自家的烤烟。该自然村坐落于马龙区与麒麟区交界处的偏远山区，距离乡政府14公里，有农户152户，人口520余人，全是苗族。其中种烟农户27户，种烟面积298亩，户均年烤烟收入4.5万元。

这里的土壤、气候很适合种植烤烟。苗家人依山而居，以种植烤烟、苞谷、洋芋为主，还附带养殖山羊和土鸡，烤烟是本村苗家人的主要经济来源。随着国家脱贫攻坚战略的深入推进和实施，近几年地方党委、政府和烟草部门大力支持、政策适当倾斜，引领苗家人科学种植烤烟。本村的烤烟色泽油润，气香质好，深受厂家喜爱。

走进村子，沿着水泥路道都能看到苗家男女采拉烟叶、编烟叶、入炉出炉及分拣烟叶的场景，还有的直接将烟秆搭在路边三轮车上就编起烟来，手脚很是麻利。听女村长张尼介绍说："我们村好多家庭都种烤烟，种了几十年了，收入都靠烤烟。现在养殖的土鸡，名叫'深沟鸡'，很有名气，成为马龙的品牌，只是规模很小，多数都是自家散养，赚钱少，还是烤烟能赚钱。"

我们在村长和烤烟技术员的带领下边走边聊，顺路走进一户苗家。女主人韩贵丽身穿苗族服饰，正在家里整理分拣烤后出炉的干烟叶。进门就看到满屋子全是烤烟，地板上摆放着十几小堆分好的烟叶，靠墙边堆码着一大堆还没下秆的干烟叶，旁边卧室也还有，一看就是种烟大户。同行的深沟烟点点长杨翠琼随手翻看了分好的烟叶，并说道："这些初分的烟叶分得很好，部位、色泽都对，再注意一下青筋就更好了。"点长还手把手教她细分烟叶等级。

我们问女主人："你家几口人？种多少烤烟？一年烤烟能卖多少钱？"女主人有些害羞地回答："我家四口人，两个小孩在外面读书，大女儿在曲靖民族中学读初中，小儿子在马龙读初中。去年种烟十亩，收入八万元。今年我家种了18亩烟，租地十亩，每亩租金500元，全部是云烟100正规品种，因干旱，气候不好，收入12万元左右。"韩贵丽家近几年烤烟人均收入达到2万元至3万元，还建了两层楼的新砖房，购买了小轿车，算是脱贫致富奔小康了。一看她就是个苗家女强人，当要离开她家时，男主人也从地里采烟回来了，小两口高兴地要留我们做客。随后，我们又来到张秀兰家，她家的烟也很好，还抱了几捆让我们看，真是颜色正、质量高。

前些年的赵家庄很是贫穷落后，脏乱差现象严重，人畜同居，住的是土坯瓦房，生活习惯也不好，男人酗酒懒散，刀耕火种，全靠打猎、拾菌子为生。深沟村委会被列为扶贫贫困村，赵家庄苗寨家家户户都是建档立卡贫困户，多数享受政府低保政策。多年来，赵家庄苗寨一直是各级党委、政府和烟草部门关心扶持的重点。随着国家脱贫攻坚、乡村振兴战略和创建全国文明城市的深入推进，通过近几年的大力扶持和引导，全村紧抓烤烟支柱产业不放松，推动养殖业发展，建起了养殖场，主打"深沟鸡"品牌。在烤烟生产收购上，烟草部门开展科技进村、服务到户活动，基层烟叶站点党员干部及科技员手把手教烟农科学种烟、科学施肥、科学烘烤、标准分级等，培养出了一大批像韩贵丽这样的种烟能手和铁杆烟农。随着经济的发展，各级的帮扶赵家庄的苗家人已经光荣脱贫出列。

如今的深沟苗寨赵家庄的水泥路面通全村，家家户户住上了新房，用上了自来水，购买了摩托车，有的还买了小轿车，村里建了活动室和小广场，村容村貌焕然一新，该村还被命名为省级文明示范村。正在修建的曲靖至昆明三清高速路顺村而过，交通便捷。每逢节假日和大型活动，男女老少穿着崭新的苗族服装，喝着牛角酒，载歌载舞庆祝美好生活。最后祝愿赵家庄的苗家人早日走上致富路，过上美好的幸福生活！

引来幸福水，走上致富路

——云南省局"擘画'十四五'，助推高质量发展"采访见闻

年末将至，小雪节令，气温骤降。我有幸加入云南省烟草专卖局（公司）组织的脱贫攻坚工作采访团队，奔赴丽江市宁蒗彝族自治县烂泥箐乡牦牛坪村，实地采访俗称"小凉山"的彝族人民脱贫致富实况。

采访团队一路辗转，驱车从丽江市宁蒗县城沿着通往牦牛坪村的盘山公路前行，大约一小时到达目的地——牦牛坪。刚进村，映入眼帘的是成群的绵羊，一幢幢崭新的楼房拔地而起，地里的机械轰鸣着，彝族农民忙碌着。他们正在忙着翻刨、捡拾土豆，将地里种植的土豆拣装入袋、装车，运往附近的宁蒗县牦牛坪村委会马铃薯良种扩繁专业合作社售卖。土豆种植和绵羊养殖是当地的支柱产业，同时他们还种植秋荞、燕麦和少量中草药重楼等。

据合作社负责人介绍，农户种植的土豆，合作社收购价为每公斤 1 元 4 角，多的农户一年能卖二十多万元，最少的也能卖几万元。"我们这地方属高寒山区，海拔高达 3200 多米，主要就是缺水，农民靠种植业、养殖业生活，以前靠天下雨吃水，多数年份干旱少雨，庄稼广种薄收很贫穷。自从国家脱贫攻坚战略实施以来，省烟草公司投入资金为我们建了人畜饮水工程。有了水，家家户户土豆丰产丰收，养羊成群，能宰过年猪，还建了新房，用上了干净的自来水，可以每天洗澡。现在日子好过啦。"牦牛坪村委会党总支书记王成祥说道。

2017 年 2 月，云南省烟草专卖局（公司）投入扶贫专项资金一千多万元，修建了牦牛坪片区抗旱引调水工程项目，于 2018 年 3 月竣工通水。烂泥箐乡牦牛坪片区的牦牛坪、马金子、二拉坝、烂泥箐四个村委会、18 个村民小组、1284 户、4604 人、4.2 万多头牲畜的人畜饮水和农业灌溉问题彻底得到解决。引调水工程的建设让当地彝族老百姓有史以来第一次用上了清澈干净的自来水，当地群众亲切地称此为"第二次解放"。宁蒗县 1950 年和平解放，当地

彝族人称"第一次解放"。现在，牦牛坪村家家户户的水窖也"退休"了，以前干旱年份人背马驮运水的艰苦日子也永远过去了。每逢节庆假日，能歌善舞的牦牛坪彝家人身穿节日盛装，聚集在村里新建的文化娱乐广场载歌载舞，庆祝美好生活，男女老少脸上流露出幸福灿烂的笑容。

牦牛坪村委会红星村民小组有一户四代同堂的彝家建档立卡贫困户，这家有七口人。我们重点对他家进行了采访。刚进门时，全家老少正围坐在火塘边烤火取暖，火苗正旺。见到我们的到来，他们很是热情，急忙起身示意我们坐下烤火。他们讲的彝族话，我们一点都听不懂，只有老人的儿子勉强会说几句汉语。虽然语言无法沟通，但好在有宁蒗烟草分公司的彝族女干部金秋给我们当翻译。户主叫作加巴边哈，今年 78 岁，身体很健朗，老伴已过世多年，过去当过奴隶；儿子叫作加巴阿生，45 岁，是家里的顶梁柱，能说会道；孙子叫作加巴医生（名字叫"医生"，汉语名叫杨斌），24 岁，在附近的合作社打工；儿媳和孙媳也在，有个孙女听说在昆明上中专，还有个最小的重孙不满周岁。我们问道："你家有多少耕地？收入怎么样？""我家有耕地 53 亩，种植土豆 21 亩，今年土豆卖了 16 万元；养羊 46 只，今年卖了 17 只，根据大小，每只卖 3000 元至 3500 元，收入 5.1 万元；儿子在合作社上班，每月工资 3300 元，全年家庭总收入 25 万元左右。"加巴阿生说。我们又问："你家还种什么作物？""还种荞和燕麦，也种些蔓菁（像萝卜）喂猪。"加巴阿生回答。

随后，我们又看了他家猪圈里的猪，共有四头猪，两大两小，最大的足有二百多公斤；还看了羊圈里的羊群。全家人住在一个院子里，老人、儿子、孙子各住一套干净整洁的房屋，院内还建有独立卫生间和洗澡间，自来水直接通到院内、厨房和洗澡间，水流也很大。电视、冰箱、洗衣机、沙发等家用电器齐备，还有农用拖拉机、旋耕机等。我们又问道："以前吃水是不是很艰难？""哎哟！太难了。我从小就跟着老父亲到几十公里外的山里背水，还要带点干粮，一次只能背三十多公斤水，往返要花四五个小时，背绳都背断了无数根。"加巴阿生说。我们在加巴阿生的带领下，也重走了一段以前彝家人背水的山间小路。小路狭窄坡陡，石子滚滑，一不小心就会跌倒。我们还驱车到三十多公里外的深山峡谷察看了新建引调水主体工程和水源。

最后，我们又问道："你家现在的日子怎么样？""现在日子好过啦！你们烟草公司把水都接到我们家里来了，你们是我们的恩人，非常感谢你们！原来背水吃，现在家里有自来水，吃不愁、穿不愁，孩子上学还有补助。真要感谢共产党！"加巴阿生高兴地说。

两天半的随团采访工作，因山高路远，大部分时间都耗费在路上，对彝家人的采访只能匆忙结束。这次采访让我目睹了"小凉山"彝族人民脱贫致富奔小康的真实现状，也为宁蒗彝族自治县光荣脱贫出列感到高兴。水是生命之源，水是万物之本，水让彝家人走上了脱贫致富路。希望宁蒗牦牛坪彝族人民珍惜来之不易的幸福水，倡导节约环保用水。衷心祝福彝族人民永远过着美好的幸福生活！更祝福伟大的祖国繁荣昌盛，国泰民安！

（作者丽江宁蒗县牦牛坪采访，左一为作者）

驻点收烟的日子

"八月秋风渐渐凉，烟叶收购正繁忙；辛苦劳作一整年，盼望收获在眼前。"8 月 30 日，一年一度的烟叶收购开秤没几天，我就被单位派到云南马龙旧县街道旧县烟叶收购点协助烟叶收购工作，离家刚好单程 50 公里。收购点没有床铺，每天只能自己驾车上下班，走高速和乡道，虽然有点辛苦，但也还适应，毕竟是短时间驻点工作而已。

我参加工作 34 年，入党 29 年，年龄 54 岁，在单位也算是老同志，在所在的部门也是最年长的。本来，像我这种年纪的人不去驻点也可以，但单位安排部门必须要去一人参与基层收购工作，加之烟叶收购工作是烟草系统一年中至关重要的环节。春播夏栽秋收，收购是最终环节，也是收获的季节，必须齐抓共管，全力支持配合，确保收购任务圆满完成。我所在的部门虽然有八九个人，但单位抽调参加乡村振兴和上级收购联合验收督查组等就有四人，还有两位病患和女同志。当部门领导跟我商量时，我想到自己是一名老党员，必须服从组织安排，就毫不犹豫，一口答应了。我们三个男同志轮流下去参与基层工作，既不影响本职工作，又可以帮助基层、服务基层，真心为民办实事。

当来到旧县烟叶收购点时，一片繁忙景象吸引了我。院内聚满了人，收烟棚窗口外，有烟农代表在递烟；收烟棚窗口内，台板上有五个男女在分级装框，共有五个窗口五张分级台板；还有抬烟筐上秤的，有两台电子秤过磅称重，电脑开单，打印票据和交售合同；音响唱级报数量，现场人员都能听到清脆的唱级声；仓库里还有十多人打包堆码烟包。真是人头攒动，十分热闹。每个参与收购的工作人员都在各自的岗位上认真负责地忙碌着。当我一下车，点长丁毅就前来招呼道："陈委员你来啦！谢谢来支持我们工作！"我随口回答道："不用谢，这是应该的。"

丁点长介绍说，旧县烟点今年收购任务重、责任大，计划收购 91.8 万公斤，涉及种烟户 540 余户。两条收购线，也就是两台电子秤两台电脑开单，每天平均要收购入库 2.3 万公斤，高峰期甚至要达到每天 2.5 万公斤以上，才能保证在国庆节期间完成任务。参与收购的人员有八十多人（含打包人员）。我的工作是用电脑开单，也称为划码。点长叫另外一台电脑开单员教会我操作，我一边操作，一边学习，不懂就虚心向他们请教，两天下来也就基本熟练了。其实难的就是，有等级要置换时，要先计算出置换等级的数量才能按步骤操作，否则就会出错，影响收购进度，而且还要认真仔细察看电脑显示有没有置换数据，否则还会影响烟农交售烟叶。收购系统是个运用多年、成熟稳定、好操作的软件。系统管理员还教会我使用快捷键，方便快速操作，如中桔一、中桔二、中桔三，只要按 01、02、03 就行，中柠三，只要按 003 就行，上桔一、上桔二只要按 11、22 就行，真是方便、快捷、实用。

烟叶收购是个季节性的工作。近年来，全省统一于 8 月 25 日打开收购系统，正式开秤收烟。各级各部门提前做足充分准备，烟农在家中初分等级备好货，预约员上门预约，约时定点分批次集中运输至烟点交售，烟农代表随货同行。交售时，分级台板人员逐户、逐包、逐把初分定级，由台板组长装筐，再由主定级员确认最终级别后上秤过磅，烟农代表监督。交烟户主提供身份证扫码后，电脑就自动出示相关信息，主定级员报告等级，过磅员填写单据，微机员操作电脑，户主姓名、等级、数量全部显示在大屏幕上。逐户逐筐称完，音响唱级报数量，打印票据和合同，烟叶入库打包，这就完成了一户烟叶交售。这样的收购流程和操作每天要完成上百家，从上午七点三十分至下午六点三十分，中间吃午饭连休息一小时，每天整整工作十小时。尽管工作人员都戴口罩，但烟叶的熏味和呛味仍然扑鼻而来，满身还沾满灰尘，还是有些辛苦和劳累的。转眼间，今年的烟叶收购工作已忙过整整一个月。旧县烟点的收购任务也完成了大半，几次上级检查，相关指标也合格达标，点长微笑着说："估计再坚持十多天就能顺利结束关门了。"

短暂的驻点助收烤烟工作可以说已接近尾声，部分烟农的种植合同也已交售完。这让我见证了常年扎根基层一线的烟草干部职工的辛苦，还有参与收购的每一位助收人员的吃苦耐劳精神。烟农的每张笑脸让我喜悦，基层职工的执着坚守让我敬佩，收购人员的认真负责让我高兴。烤烟收购的规范操作和现场管理井然有序，点长的工作把控和收购管理值得我们学习借鉴。

秋天是收获的季节。在短暂的驻点助收烤烟期间，我也收获颇多，感受深刻。"烟农种烟不容易，交售烟叶心欢喜；巩固脱贫奔小康，科技种烟为最上。基层职工最辛苦，管种管收发展路；长年累月守岗位，辛勤工作不喊累。我等驻点时间短，为民服务实事办；虽说辛苦又劳累，也是学习好机会。"真心祝愿奋斗在收购一线的烟草同志们苦中有乐！祝广大烟农朋友们喜获丰收！更祝我们的企业蒸蒸日上，为国家做出应有的贡献！

（作者在基层驻点协助收购烤烟，左二为作者，2021 年 9 月 26 日拍摄）

党员活动在烟田

四月，春暖花开，正是春耕播种的最佳时节。云南马龙大地上，机械轰鸣，铁牛欢歌，人群穿梭在田野间，各级各部门的党员干部，深入一线，为基层群众排忧解难、助农促春耕。一年之计在于春，节令不等人，农事不能误。心系群众、为民服务是每个共产党员的光荣职责和应尽义务。

当我来到云南省曲靖市马龙区马过河镇马过河居委会新车站村民小组烟地时，只见一面鲜红的党旗和一面志愿服务队队旗插在地埂上随风飘扬。走近地块打探，原来是云南曲靖马龙区烟草专卖局机关第一党支部和马过河烟站党支部在此联合开展主题党日活动。三十多名共产党员正在忙着，帮助缺劳力的陆柄成、陆柄祥、李元俊、尹维友四户困难烟农栽种烤烟。

活动中，志愿服务队分为四个服务行动小组，分片包干。因为他们都是烟草部门的党员干部，专门从事烟草工作，都是优秀的栽烟技术人员，操作起来很是规范有序。有的理墒，有的打塘，有的施肥，有的放苗，有的移栽，有的浇水，有的喷药，有的盖膜。一天时间就帮四户烟农把剩余的八亩多烤烟栽种完了。听说，移栽的烟苗都是漂浮苗，采用膜下小苗移栽新技术移栽，而且都是朱砂烟品种。曲靖市烟草专卖局驻点的党员干部也参加了本次活动。

"今天真是太好了！烟草部门的领导们来帮我们农民栽烟，又脏又累，还被太阳晒，帮我们解决了大问题，真是要感谢他们。"烟农陆柄祥说。栽烟结束，看到这些烟草部门的党员干部个个脸晒红了，衣裤脏了，双手沾满泥土，脚也湿了，汗流浃背，但没有一人叫苦喊累，脸上还露出了灿烂的笑容。听说，每位党员还捐款给四户困难烟农，为他们购买了价值一千多元的烟草专用化肥和盖膜。"哎呀！他们这些党员干部真是有心，又帮我们困难户栽烟，还给我们家送来了肥料和薄膜，要是没有他们帮忙，光靠我们两口子，我家的烟不知道要几天才能栽完。真是万分感激，谢谢这些好人！"烟农李元俊说。

"这几天正是烤烟大田移栽的关键时期，我们烟站党支部和局机关一支部将四月的主题党日活动放在栽烟地里来开展，帮助困难烟农栽烟，为烟农排忧解难，做点好事实事，这是我们烟草党员的职责和义务，也是应该做的。"烟站党支部书记胡志说。

据悉，云南曲靖烟草系统正在开展"干在实处，走在前列"和"学党史、悟思想、办实事、开新局"专题学习教育活动。马龙区烟草专卖局党委共有一百二十余名共产党员，下设十二个党支部，其中机关四个党支部，基层烟站八个党支部。目前恰逢烤烟移栽最佳时节，结合专题学习教育活动的开展，党委要求各党支部的党日活动要紧紧围绕当前烤烟移栽中心工作来开展。学好党史，悟透思想，发扬党员一不怕苦、二不怕累的精神和优良传统，真心为民服务办实事，排忧解困促春耕，为群众服务好"最后一公里"。

这次云南马龙烟草专卖局机关党支部和基层党支部联合开展的主题党日活动开展得很好，让每一位参加活动的共产党员真正当了一次烟农，亲手移栽烤烟，让大家亲身体验到农民种烟的艰辛和不易。这次党日活动在田间开展，虽然活动内容显得有点单一、移栽烤烟面积也不多，但为困难烟农解了困排了忧，让党员们深受教育。鲜红的党旗在乡村田野飘扬，烟草党员干部的身影在烟地聚集，这是"一名党员一面旗帜"的真实体现。本次活动，得到了地方党委、政府及基层一线党员干部的称赞与好评，也得到了广大烟农们的一致认可和点赞。这次党支部党日活动，只是云南马龙烟草系统党建活动的一个缩影。

在此，真心希望云南曲靖烟草系统开展的"学党史、悟思想、办实事、开新局"和"干在实处，走在前列"学习教育活动取得实效，将教育活动融入具体工作实践中，引领党员干部职工，学党史、悟思想、感恩党、勇担当，心系群众，为民服务，为民解困，紧紧围绕巩固脱贫攻坚成果和乡村振兴战略的深入推进，发挥行业优势，推动烟草产业高质量发展，为地方经济社会发展做出贡献。

（作者在察看大田烤烟长势）

当好志愿者，服务行路人

2019 年 8 月 23 日，晴空万里，艳阳高照，根据马龙区委区政府关于常态化开展 2019 年创建全国文明城市"清洁家园，文明出行"志愿服务活动的安排部署要求，我和部门同事很光荣地参加了志愿服务站岗执勤活动。本次活动安排在马龙城区云龙路大桥十字路口，主要职责是对过往车辆和行人进行引导、劝阻和违规教育制止。站岗执勤活动从上午七点三十分到下午六点，中间休息两次，每次一小时，活动时间为一整天，要坚守岗位六个小时。

志愿服务活动期间，我们身着印有单位名称及志愿者服务标志的红色马甲，戴太阳帽及袖章，手持印有"创建文明城市，构建和谐社会"的小旗子，两人分别站在十字路口两边斑马线信号灯处，对过往车辆和行人进行指挥引导。一天的服务活动，我自己共引导、劝阻、制止教育过往行人 92 人次。其中，上午 36 人次，下午 56 人次。活动既辛苦也有乐趣，有时也会感到辛酸。少数来自农村的中年妇女和老人不懂交通法规，不会看信号灯，横过马路时更不会按要求走斑马线。今天我就遇到了两个农村女人和三个男人，他们看到没有车辆经过就直接绕开斑马线横穿马路，我立即大声喊道："要走斑马线，不能从那里过街，太危险啦！"他们装作没听见就直接过去了。

还有几个中小学生边走边低头玩手机，红灯亮着就穿过斑马线，我及时叫道："小朋友，红灯不能过，生命是自己的，老师也教过红灯停绿灯行。"他们听到后就立即退了回来。还有几个三四十岁的中年男人，一边走路一边聊天，红灯亮着就直接穿过斑马线，我劝说道："朋友，红灯不能闯，安全第一。"他们瞟了我一眼，顺口回答道："我看了没车过来，不怕，没事的。"我听了很是郁闷，心想这种人素质太低，不仅不听劝，还进行狡辩。还有很大一部分人闯红灯时，我只要一提醒说不能过，他们就会止步，绿灯亮时才小跑着通过，有的还会对我说"谢谢！对不起！没看见"。这时我心里才感觉乐滋滋的。

　　还有的老人领着自己的孙子孙女过马路，红灯亮着时小孩会说："奶奶，红灯不能过，过一会儿绿灯亮了再过，我们老师说了，红灯停绿灯行。"奶奶回答道："哦！是呢！是呢！奶奶听你的。"我一看小孩就是幼儿园中班或大班的，心想，这样的小朋友真是懂事，老师教得也很好。还有一部分人，等红绿灯时在聊天，绿灯亮了没看见，我会及时提醒他们可以过了，他们回眸一笑，顺利通过。多数行人都有修养，我一引导、提醒、劝说他们，他们便发现自己错了，也会歉意地害羞微笑，有的还会对我说"谢谢你"。

　　今天的志愿服务活动，我站岗执勤一天，虽感身体疲惫劳累、口干舌燥、腿脚有些酸软疼痛，但从内心深处感受到了创建全国文明城市的好处。我几个月才参加一次，交警和清扫大街的保洁员们长年累月地奋斗在人群集中的每个十字路口和城市的大街小巷，不怕风吹日晒和雨淋，每天都重复地做着看似很简单的一件事，可想而知他们更是辛苦无比，更值得我们钦佩和学习。我们的城市正因为有了他们，才会交通有序，才会环境整洁干净，市民出行安全才能得到很好的保障，创建全国文明城市活动也才能顺利推进。

　　自2018年曲靖市的麒麟区、沾益区、马龙区和经开区四城联创全国文明城市以来，各级党委、政府高度重视，各行各业积极响应，全体市民踊跃参与。通过一年半的宣传发动、攻坚克难、主动作为，各项工作已取得了可喜成绩——城市道路改造修缮，环境卫生整洁干净，监控设施设备完善，宣传舆论氛围浓厚，市民综合素质提高，交通违法行为减少。全体市民都感同身受，为之赞叹！

　　我自己作为市民和参与者也深感光荣，今后要继续积极踊跃参与，勇于担责，做一名合格优秀的志愿者。同时，祝愿创建全国文明城市活动取得圆满成功！

第五辑　点燃文学梦想

"溢彩流韵"诗歌朗诵会感悟

  2021 年 6 月 19 日，云南曲靖新华书店"书香曲靖"迎来了一场别具一格的诗歌朗诵会。"溢彩流韵"诗歌朗诵会——建党 100 周年专场。我作为一名诗歌爱好者，也有幸参加了本场朗诵会，享受了诗歌魅力文化大餐。

  本场诗歌朗诵会是为庆祝中国共产党建党 100 周年专门举办的。曲靖市作家协会、曲靖日报社《掌上曲靖》、曲靖市图书馆、曲靖新华书店有限责任公司麒麟分公司、麒麟区文联、麒麟区图书馆主办，麒麟区作家协会、书香新华读书会、曲靖市新的社会阶层人士联谊会协办。本次活动邀请曲靖电视台资深媒体人、主任播音员刘洪林老师主持，邀请了曲靖本地作家、诗歌爱好者 160 余人参加。

  下午两点整，全场人员同唱《没有共产党就没有新中国》，朗诵会在嘹亮的歌声中拉开帷幕。刘洪林朗诵陈云飞作品《贺中国共产党百年华诞》和邓仁权作品《致平凡中彰显伟大的赵振东》，飞云团队朗诵尹坚作品《红色查尼皮》《清澈的爱只为中国》，崔艳英朗诵黄官品作品《从走泥丸到长征大道》和何俊作品《曲靖二十年》，胡建娜朗诵余先锋作品《钟山的色泽》《永康桥》，小主播学校学生朗诵尹坚作品《赵一曼》，陈谊蓉朗诵何俊作品《党在我心》，马康梅朗诵尹坚作品《铁骨柔情赵一曼》，陈云飞朗诵自己的作品《百年奋斗路，启航新征程》，吉他弹奏《我爱你中国》，葫芦丝奏唱歌曲《映山红》，独唱歌曲《再唱山歌给党听》。四十五个诵、唱、弹奏诗歌节目，在最后的吉他弹唱《我的祖国》中圆满结束。

  本场诗歌朗诵会持续三个多小时，所有诗歌作品都是出自曲靖本土作家和诗作者，朗诵者们也都是曲靖本地的诗歌爱好者。他们中有白发苍苍的老人，有五六岁的儿童。高亢洪亮的朗诵声，在背景音乐下显得更加铿锵有力、抑扬顿挫、悦耳动听。最引人注目和赞叹的要数小主播学校的儿童们和白发诗人陈云飞老师，他们一登场就迎来阵阵掌声和赞美声！每篇诗歌作品都蕴含着对共产党的讴歌赞颂，每位朗诵者都饱含深情地诵唱我们伟大的祖国、伟大的中国共产党。诗歌朗诵会现场，充满了红色元素和浓浓的爱党爱国情怀。现场热闹非凡，观众手里的相机、手机忙碌不停，大家都想记录下这精彩的瞬间。

这场诗歌朗诵会是曲靖优秀诗歌创作者和爱好者为庆祝中国共产党百年华诞的真诚献礼！有的歌颂为国捐躯的优秀共产党员赵一曼、刘胡兰、江姐，有的赞颂党的伟大和曲靖百年变迁，还有红歌传唱等。真要感谢主办方和协办方为我们提供了这次精彩的诗歌朗诵分享学习平台，更让我们享受了一次丰盛的红色诗歌文学大餐！朗诵会的每个节目都充满了对党的忠贞不渝和历史担当精神，不时将聆听者带入共产党人英勇顽强、不怕牺牲的场景。每个人都叹为观止，赞叹不已！真为伟大的中国共产党和伟大的祖国感到骄傲和自豪。

百年建党，百年历程，百年沧桑，百年巨变，百年伟业。中国共产党真是伟大而光荣的党！在新的时代和新的征程中，我们要不忘初心、牢记使命、铭记历史、砥砺前行，永远跟党走。在"学党史、悟思想、办实事、开新局"教育活动中，当好先行者和实践者，不断增强"四个意识"、坚定"四个自信"，做到"两个维护"，牢记"全心全意为人民服务"宗旨，向英模致敬，向优秀共产党员学习，为祖国高质量跨越式发展做出自己的贡献。

我的珠源文学社情缘

曲靖珠源文学社的前身是曲靖原创文学社团，是由左左老师发起组建的一个文学爱好者民间社团。该社团于 2020 年 8 月 1 日经曲靖市作协审批更名为珠源文学社，成为市作协下属的团体会员单位。文学社吸纳了曲靖及周边广大文学爱好者 130 余人，为文学爱好者提供了学习交流的广阔平台，我也有幸成为该社的一名会员，这也许是我与珠源文学社的缘分吧！

一年多以前，我对珠源文学社是陌生的，不知道身边还有这么一个文学大家庭。2019 年 8 月 17 日，我跟随朋友到曲靖新华书店参加一个主题为"小说的个性与共性"的专题讲座及分享会。讲座由曲靖原创文学社团和新华书店联合举办，曲靖著名作家窦红宇老师主持，邀请"80 后"青年作家、《滇池》文学杂志副主编包倬老师授课。这是我人生第一次参加这样的文学专题讲座，也是第一次知道曲靖有个原创文学社团组织，也是第一次见到左左老师，但没机会认识她。

说实话，当时的我主要是出于好奇，想亲眼见一下大作家和编辑到底是什么样子。自己并不会写文章，更谈不上懂小说。第一次参加文学讲座觉得很有意思，文学的魅力真是太大了，我心里突然有一种想写点东西的念头。同年 11 月 23 日，又在此地聆听了王启国老师的"文学创作与曲靖地方历史文化"讲座——同样由曲靖原创文学社团组织举办。这次让我了解了一些曲靖地方历史文化，特别是爨文化。2020 年 1 月 4 日，参加了半夏《与虫在野》新书分享会，这次分享会是作家窦红宇老师与作家半夏老师的对话分享。同年 11 月 28 日，聆听了曲靖本土知名作家、《掌上曲靖》负责人、市作协副主席敖成林老师的"叙事性文本的情节递进和情感表达"讲座——曲靖著名作家、市作协副主席、市文体局调研员朱华胜老师主持。

现在回想起来，我在一年多的时间里参加了珠源文学社举办的专题文学讲座四次和一次更名成立大会，每次都收获满满，感悟颇深，同时我也慢慢动手学习写作。记忆最深的是，2020年8月1日，我在麒麟区沿江乡于家圩社区参加了珠源文学社挂牌成立大会，此次大会还选举产生了文学社领导班子，我投下了自己庄严的一票。在社长左左老师的鼓励下，我登台朗诵了自己的诗歌作品，这让我在学习文学创作方面更有了信心和决心。

说起我和珠源文学社的情缘，是它点燃了我的文学激情和写作爱好。这个文学大家庭让我认识了像曲靖市文联主席、市作协主席高兴文老师，市作协副主席、著名作家朱华胜老师，市作协副主席、《掌上曲靖》负责人、知名作家敖成林老师等这些身边的文学名人，还有其他曲靖本土文学爱好者。我能有幸加入珠源文学社是我与该社的缘分，在该社能认识这些曲靖本土文学名人和文学爱好者更是我的幸运。

加入珠源文学社以前，我工作三十多年，主要从事财务审计等经济工作，与文学创作根本不沾边，只是偶尔工作需要会写点总结、信息之类，对文学创作没有太大热情，也没有什么文字功底。自从与珠源文学社结下了良缘，在该社和各位作家老师的帮助指导下，我突然就爱上了文学写作，从学写打油诗歌、读书感悟等入手，看到什么、想到什么，就写什么，把自己的观察、感悟记录下来，也算是练笔吧！我也学会在一些网站投点习作稿件，如今还被单位安排从事新闻宣传工作，自己的最大爱好也不知不觉转变为学习写作了。当然，很多作品都是些碎片文章，根本拿不出手。珠源文学社让我学会用文字记录人生和书写人间真情，更让我爱上了文学。

虽然我和珠源文学社相识相知只有一年多时间，还算是初恋期，但它给了我很多大家庭的温暖和文学创作良方及经验技巧，文学社里的各位作家老师和优秀文友都是我学习的榜样。文学无国界，作家不分年龄、性别，只要用心用情、勤写勤练、坚持不懈，最终总会有收获，也会出彩。

作为珠源文学社的一员，我会珍惜这份情缘，努力多学多写多练，争取写出更多好作品，为我们自己的文学大家庭增光添彩。

最后，衷心祝愿珠源文学社越办越好，越走越远！祝珠源文学社的各位老师及文友，在自己的文学创作道路上喜事连连，捷报频传！

（作者在朗诵自己创作的作品）

老六诗歌分享会有感

2019 年 6 月 26 日下午，我有幸跟朋友一起到曲靖胜峰小区参加了由爨源悦读会组织开展的老六诗歌分享会。这次分享会主题是分享老六同志出版的新作《写给母亲的诗一百首》。

老六是个地道的民间草根诗人，48 岁，个头不高，穿着朴素，看上去就是一个普通工人，也像一个种地的庄稼汉，真是民间出高手啊！分享会安排在一间约五十平方米的书香画展室内举行，室内摆满了各种古物精品，墙上也挂着一些名画及书法作品。当我们步入会场时，感觉此处就是文人雅士聚集的好地方，会场简单古朴大方，中间摆放着一排排实木座椅，大门左侧桌上错落有致地堆满了老六出版的新书《写给母亲的诗一百首》，我看了一下，约有几百本，顺手拿起一本跟朋友一起坐在早已安排好的木凳上静静地翻阅起来。

我和朋友提前到场，会场舒适安静，真是读书学习的好地方，诗歌爱好者们陆续进入会场，都像我一样随手拿起一本新书，找座位坐下仔细阅读。在诗歌分享会正式开始前，我将老六出版的这本新诗集翻阅了一遍。诗集收录了老六从小跟母亲生活的点滴和母亲去世时的送别下葬场景。诗集反映出老六是个大孝子，他的母亲是个和蔼可亲的慈母。

两点三十分，诗歌分享会正式开始，主持人分别介绍本次分享会的参会嘉宾及主办方和主要内容。首先由新诗集作者老六介绍自己的诗集创作灵感和感想。他解释说，诗集名叫《写给母亲的诗一百首》，实际只有 99 首，最后留一首是写给自己的。接着是每位参与者自愿从本诗集中选一首自己喜欢的诗进行朗诵，朗诵用普通话或方言都可以。广东电视台主持人王菲也用标准普通话朗诵了一首，所有参会的诗友都进行了朗诵，有的边朗诵边情不自禁地流下了泪水，感动了现场所有人。

我自己也选读了一首《向阳食堂》。此首诗记录了老六母亲带他去向阳食堂吃小锅米线的场景——窗口买票、价格一角五分、墙上挂着毛主席像等。这种场景我自己也经历过，只有二十世纪六七十年代的小孩才会有这样的经历。因这首诗勾起了我的童年回忆，所以我非常喜欢这首诗，现场读给大家分享。老六创作的诗朴实情真、通俗易懂、感人肺腑，他将自己跟母亲的点滴生活琐事和母亲勤劳、勇敢、善良的一生用诗歌的方式记录下来，集结成书，让人感受这位母亲的平凡与伟大。

通过参加老六诗歌分享会，我深深感受到，我们每个人都有一位爱自己、疼自己的慈母。没有母亲就没有自己，没有母亲更不会有自己的现在和未来。母亲健在的要多用心孝敬、多回家去看望；母亲已故的要永远铭记心中。我们多数人也都已为人父母了，要相夫教子，疼爱自己的儿女，教育自己的子女成才。

最后，祝老六新作《写给母亲的诗一百首》分享会成功，祝老六同志身体健康，不断创作出新诗新作品，让我们再聚再分享。祝愿诗友们身心健康、工作顺利、万事顺意！祝爨源悦读会越办越红火！咱们下次再相会。

文学盛宴感悟

2019 年 8 月 17 日下午，我有幸参加了曲靖原创文学平台举办的"小说的个性与共性"专题讲座及分享会，这堪称一场文学盛宴。讲座及分享会由"80 后"青年作家、《滇池》文学副主编包倬老师主讲，会泽籍著名作家窦红宇老师主持。

参加此次讲座分享会的有来自贵州盘州市和曲靖市宣威、富源、会泽、师宗、沾益、麒麟、马龙等地的作家协会领导和新老作者共计 60 余人。讲座分享会在曲靖新华书店三楼举办，从下午两点持续到六点。我作为一名初学写作的文学爱好者，很荣幸地参加了这次讲座分享会，我也是有生以来第一次参加这样的文学盛会，享受了一次丰盛的文学大餐，感受颇多，也为我今后学习写作打开了思路和眼界，可谓收获多多，满载而归。

包倬老师是一名出生于四川大凉山的彝家汉子，他的讲述风趣幽默，翔实生动，感人肺腑。他讲述了自己多年来的写作经历、体会和收获。

包老师的讲座，一是讲述了"为什么要写"。他说，写作首先要把心态放平，写作要有一颗平和的心，写作是一个很公平的事，是文本的交流。写作不是为了出名或赚稿费，关键是想写和要写。

二是讲述了"小说的个性与共性"。小说一定要有一个很好的标题，语言好文章就好，语言也讲质感。写作需要训练，写不了小说可以写片段。小说是假的，也就是虚构的，虚构得了情节却虚构不了细节。小说的关键是情节，好的小说家一定要懂得生活、懂得细节，细节支撑情节。小说是写人的，小说发出来的是真言。

参加讲座分享会的文学爱好者根据自己的写作情况和遇到的困惑纷纷向包倬老师提问，包老师都逐一做了精彩详细的解答。有的问写出来的文章清淡如水怎么办？他解答说，要反复地写、反复地练。有的问怎样才能把生活变成小说？他解答说，文学源于生活，但高于生活，要以不同的视角让它变得复杂起来。有的问面对生活中的素材，有些涉及别人隐私的方面如何处理？他解答说，假要真作，真要假作，可以直接写，甚至可以写得夸张点，现实只是一个药引子，不是一味药。

包老师每答完一个提问，均能引起全场阵阵掌声。不知不觉已经到了下午六点多钟，主持人宣布讲座分享会到此结束。所有参加讲座分享会的文学爱好者都叹道："时间怎么过得这么快呀！还有好多问题想请教老师呢！今天没机会了，真是遗憾！"讲座分享会结束，大家排成长队找包倬老师签名、拍照留念。本次讲座分享会，组织方还给大家赠送了窦红宇老师签名的《安徽文学》，书中刊载有他的中篇小说《如命苍茫》；黄吉美老师还赠送了《黄吉美诗选》一本。

这次讲座分享会使我这位初学写作的人受益匪浅、感触很深。写作的魅力和乐趣真是无穷无尽。我暗自下定决心要好好学习文学创作，从小文章写起，写出自己的真情实感和生活。我感悟道："文学魅力无穷大，心灵修炼热爱它；作者相聚麒麟城，聆听老师传真能。文学爱者聚一堂，畅谈体会心欢畅；新老朋友爱文学，不拘一格都有说。以文会友真是好，如此讲座是妙招；曲靖文学原创好，平台搭建呱呱叫。衷心感谢负责人，原创平台显能人；五湖四海文学人，纷至沓来领精神。其次感谢参与者，新友故交情不舍；相互学习勤交流，互相提高不用愁。祝愿曲创平台好，越办越火越热闹。"

最后，再次感谢曲靖原创文学平台和书香新华读书会，真心为你们点赞！感谢包倬老师的精彩讲授及分享！感谢各位作家和文学爱好者，有了你们的辛苦工作和努力，才有我们大家的相聚。祝各位老师和文友身心健康、工作顺利、家庭幸福、新作涌现，下次咱们再相聚。

读汪鑫老师新作《宝庆传奇》有感

　　近期，新华网、人民日报网、中国新闻出版广电网、中国作家网、腾讯网、红网、星辰在线、世界头条等中央媒体及地方媒体都纷纷宣传报道了青年作家汪鑫老师新出版的侠义小说《宝庆传奇》。2021年12月10日，中午十二点，正准备下班的我，惊喜地收到从北京寄来的一件包裹。还来不及吃午饭，我就急忙取件拆封，原来是我期盼已久的三本《宝庆传奇》新书。

　　此时此刻，心情万分激动的我小心翼翼地拾起一本仔细翻阅。浓浓的油墨味扑鼻而来，从这黝黑的书面设计就能领略到此本小说的神秘与奥妙。书的扉页还有汪鑫老师的亲笔签名，这让我欣喜若狂，爱不释手。此时的我早已忘记了时间和饥饿，这本心爱之书正好可以用来充饥。

　　我认真拜读起来。此书共分为黄金大谜案、刺杀吴三桂、智破八卦阵、勇战芙夷镇、绝密新行动、惊天大宝藏六个篇章。整部小说属侠义小说，记录着湖南福地宝庆的悠久历史、人情世故和传奇故事。小说封底写着："宝庆，地处湘中偏西南，上控云贵、下制长衡，易守难攻，是宋理宗潜龙之地。这里民风彪悍、善斗勇、重义气，男儿从小有练武读书的习惯，女子除绣花织布也偶练拳脚。康熙年间，吴三桂起兵反叛，率数十万大军围攻宝庆，数年未克，堪称'铁打的宝庆府''宝古佬'，这是世人对宝庆人的特殊称谓。他们淳朴正直、情义如山、精诚团结、勤劳智慧、勇于拼搏、敢为人先。"

　　整部小说以汪铁锤为主角，从朝廷黄金被劫案第一个故事开始，记录着宝庆人民的英勇顽强、惩恶扬善、英雄辈出。如第一章"黄金大谜案"中的知府大人曾青溪、汪二爷和孙子汪铁锤，都是机智勇敢、心善仁义、重情重义之人，特别是汪铁锤，他武功高强，勇战南霸天，破获朝廷黄金失窃大案。又如第二章"刺杀吴三桂"，汪铁锤、田玖、伍盖天一同潜入吴三桂营帐，勇斗叛军高手"十八虎"，将吴三桂刺成重伤，逃至昆明。虽没有将叛军统领吴三桂刺死，还牺牲了田玖和伍盖天两位将军，但严重挫败了叛军，使叛军留守衡州，不敢轻易出兵攻打宝庆。再如第三章"智破八卦阵"、第四章"勇战芙夷镇"、第五章"绝密新行动"、第六章"惊天大宝藏"，每个部分都以宝庆为主线，分别叙述了不同的事件。本书惊心动魄，扣人心弦，精彩纷呈，让读者身临其境，百读不厌，读而惊叹，一口气想全部看完。

从本部小说的故事情节、场景和人物描写可以看出作者汪鑫老师对家乡宝庆的历史文化、风土人情等研究至深至透，功夫也下了不少。每个人物的性格、相貌、武功及情感交流都形象生动，惟妙惟肖，真让读者深感敬佩。汪老师的写作技巧更是让我无比羡慕和赞叹！对我这个读书太少，特别是很少读小说的人来说，更是感到自己和汪老师之间的写作差距。我在拜读了汪老师的《宝庆传奇》后，深刻领悟到了小说的精彩魅力。这部小说真正体现了汪鑫老师不忘家乡恩、难忘家乡情。小说的出版发行，也体现了作者对家乡乡村振兴所做出的积极努力和贡献。拜读长篇侠义小说《宝庆传奇》后深知，宝庆是一个充满传奇色彩的神秘的地方。

在此，真心感谢汪鑫老师给我们带来了这么精彩感人的历史传奇故事！

（长篇侠义小说《宝庆传奇》照片）

特殊的元旦

2021 年元旦，天空飘落细雨，寒风凛冽。曲靖市图书馆迎来了一场文学专题讲座，邀请曲靖著名作家、中国作家协会、云南省作家协会长篇小说创作委员会副主任，鲁迅文学院第二十九届高研班学员窦红宇老师做"文学的标准"专题讲座。

窦红宇老师，从事文学创作数十年，从未间断过自己的写作。曾在《十月》《大家》《人民文学》《小说选刊》《青年文学》《作品与争鸣》《江南》《芳草》等刊物发表过多部中长篇小说，出版作品二百多万字，有的作品还被改编成影视剧。窦老师的作品深受读者喜爱，他获奖无数，为人低调，和蔼谦逊。

窦红宇老师围绕文学的标准这一主题，分别从五个方面做了深入浅出的详细讲解。讲座一开始他就说："文学必须要在标准下来创作。"第一个文学标准是"发表标准"。窦老师说，现在是文学热，有些作者把自己的作品发表标准定得很低。发表标准在哪里？他强调，文学作品一定要把标准定得高些。发表的高标准带来的是文学的高标准，写作要向文学史看齐、向作家们看齐。我们的标准不在于发表，我们的目标是做著名作家中独特的那一个，只要高标准要求自己，文学一定会成为自己的那片土地。不能用低端的发表哄骗自己。搞文学是为了让自己的思想、灵魂得到修炼，要持续在高端刊物上发表作品。

第二个文学标准是人生观标准。一个作者要成功，首先要确立自己的人生观——永远跟党走。坚持自己树立的人生观，也就是要永远坚持自己的人生标准，永远不背叛自己。窦老师说："我自己的人生观是决不与强力话语苟同，还有就是注重爱和温暖。一个作家要做到怀疑一切，跟强力话语斗争到底。"

第三个文学标准是思想标准。窦老师说："文学不外乎生活、思想、语言三大体系。一个作家一定要建立一套自己的思想标准。当代最重要的思想体系是法国人构建出来的一个思想体系，即存在主义，它强调的是人的独立和客观存在。"

第四个文学标准是叙述或语言标准。要对语言进行深入思考，写作者要把汉语的研究标准放到一个高度来认识。叙述是带有个性的东西，是一个独立存在的口气，一个优秀作家必须寻找自己的腔调。

第五个文学标准是阅读标准。写作需要大量阅读，通过大量阅读才能形成自己的思想标准体系。同时，窦老师还分别介绍了俄罗斯文学体系、美国文学体系、英国文学体系、法国文学体系、拉美文学体系、日本文学体系和中国文学体系；给大家推介了一些中外必读名著和国内名刊，鼓励每位文学爱好者认真阅读。

整场讲座虽然只有半天时间，但采取现场和网络直播两种方式同时进行，线上线下共有一千多名文学爱好者参与了本次专题讲座。窦红宇老师的讲座，从文学的标准、人生观、思想、语言、阅读五个方面，语重心长、深入浅出、直白细微地进行了精彩分析，让所有聆听者受益匪浅、深受启发，会场不时响起热烈的掌声。

对我这个初学写作的人来说，能参加这次讲座、近距离聆听窦老师的讲述，我感到无比自豪和兴奋。这次专题讲座让我们广大文学爱好者在寒冬时节"品尝"了一次丰盛的文学大餐，给我们在今后的文学创作道路上指明了方向和思路。

在此，衷心感谢窦红宇老师为我们的精彩讲解和辛勤付出！感谢曲靖市文化和旅游局、曲靖市图书馆给我们提供了这次专题讲座的机会！有了他们的精心准备，才有我们今天的相聚和交流学习。让我们在2021年的第一天过了一个幸福开心的节日。祝我们曲靖的文化事业蒸蒸日上，永放光芒！

再见 2020，你好 2021

转眼间，2020 年即将过去，2021 年即将到来。2020 年是我的人生中最煎熬和最难忘的一年。充满希望的 2021 年的钟声已经敲响，我们以崭新的姿态和信心喜迎它的到来。

一、难忘的 2020 年

回顾 2020 年，每天的某个片段和瞬间定格着一个又一个记忆。虽有艰难困苦，但收获也很多。一年来，我有幸加入了青年作家网联盟，并成为该网的一名签约作家。这个大家庭和文学平台让我学到了很多东西，学会了自己写文章。让我最激动与高兴的是，这一年，我的习作诗歌《昨夜秋雨》在青年作家网主编的纸刊《清风文学》上刊发，散文《昔日母校的追忆》入选全国青年作家优秀作品选《岁月之歌》。我还有二三十篇习作在青年作家网和其他网站发表。这是我这一年的最大收获，自己可以给自己点个赞！这一年，我还有幸认识了许多文学朋友和老师。在他们的帮助指导下，我加入了百度百家号，70 余天坚持每天更文。此外，在学习、工作、生活等方面也收获很多。

二、展望 2021 年

2021 年是强劲勇猛的丑牛之年。首先向金牛道声"你好！2021 年"。在新的一年里，希望金牛赐福。祝福我们伟大的祖国繁荣昌盛，国泰民安，人民一直过着美好向往的幸福生活。

再说我自己，我将努力学习、踏实工作，以饱满的热情和激昂的斗志努力拼搏，在方方面面争取收获更多。特别是在文学爱好与写作方面，我要多学多写多练，勤思考、勤动手、勤动脑，多观察生活、多体验生活；继续以青年作家网为主要平台，多写文章多投稿；继续坚持在百家号更文，争取更多的阅读量和推荐量，让自己在习作方面有较大提高和提升。我要继续放飞自己的文学梦想，让文学点燃自己的生活激情和热爱；继续向各位老师、优秀作家和文学爱好者学习，书写自己的人生和情感，争取多出佳作和大众喜欢的好作品，让自己更上一个台阶。

最后，衷心感谢青年作家网和青年作家网联盟一年来的关心、支持和帮助，更要感谢汪家弘老师和刘慧明老师及其他文友对我的帮助指导！2021年，祝青年作家网更加辉煌，越办越好，培养出更多的作家。让我们手拉手、肩并肩，携手前行，用心、用情、用爱书写人间真善美，歌颂祖国的山川河流，讲好身边的故事，让中华优秀传统文化传播海内外，让社会充满正能量。

"新年新气象，牛年展希望。文学挥笔舞，书写新时代。"再次祝福我们伟大的祖国繁荣昌盛，国泰民安。

三、回顾 2021，展望 2022

时光飞逝，转瞬间又到岁末。辛丑牛年即将过去，壬寅虎年将来到。辞旧迎新之际，回顾过去的一年，有收获，有喜悦，也有许多愿望尚未实现。心里思绪万千，感觉不算圆满。尤其在文学创作道路上，自感有所进步和提升，值得认真总结回顾，展望新的未来。

2021 年，我在文学创作的道路上坚持勤学、勤写、勤练，笔耕不辍，用文字书写多彩生活与工作，自感收获颇多，惊喜也多。2021 年，在广大文学爱好者和优秀作家的帮助指导下，我的诗歌、散文等文章在中国烟草在线、中国作家网、中国诗歌网、青年作家网、长河诗刊发表两百余篇（首）。

散文《记忆中的大雪》被青年作家网与天津人民出版社联合出版的《花开四季》选中收录，散文《苗女种出高质烟》被云南省烟草专卖局（公司）与云南中烟公司主办的《七彩云》2021 年第 2 期纸质选刊，散文《失去父母关爱的孩子》入选中国文艺出版社《长河诗刊·轻笙萧玥》2021 年 7 月第 24 期纸刊。诗歌《春夜的雨滴声》《柿子树下的身影》《我是空中的一朵云》《站在窗前》《母情节抒怀》《最美冬樱花》《年夜饭》《我热爱这样的生活》《春之声》《阳光下的郁金香》《她再也不回来了》《最美冰花》《脱贫攻坚赞歌》被中国文艺出版社《长河诗刊·秋水枫盈》2021 年 11 月第 25 期纸刊选刊。诗歌《赞歌献给伟大的党》获青年作家网发起的第三届中国青年作家杯征文大赛三等奖，我还被中国烟草在线评为"2021 年度优秀信息员"。

2021 年这些成绩和荣誉的取得，既是各位编辑老师和文友们关心支持的结果，也是我辛勤努力与勤学多练的结果。文学创作成绩与荣誉的取得不仅是对我学习写作的认可，更是对我的鼓励与鞭策，我深感自豪，可以给自己点一个赞！在学习写作方面，我也还存在很多不足之处，有时只顾数量，不求质量，佳作不多，与优秀作者和真正的作家差距还很大。成绩与荣誉已成为过去，就将它永藏于心，让它激励我继续保持文学创作的激情和劲头，用文字书写自己的精彩人生，让文学点亮自己的梦想。

展望 2022 年，我将继续秉承"喜欢写作是我的最爱，用文字书写精彩人生"的写作理念。坚持多读书、读好书、读经典、读名著，无论是诗歌还是散文等，继续坚持多写多练和周更、日更新文。用文字书写生活所见所闻，用文字抒发情感经历，用文字书写身边好人好事，传播正能量。新的一年，新的希望，新的梦想，新的目标，新的追求。在文学创作上，我有信心和决心，用手中的纸笔继续书写文字，用优美朴实的语言和文字讴歌人间真善美。发挥自己的特长和优点，保持自己的书写风格，多写深受广大读者喜爱的、接地气的好文章，力争多出精品佳作。

2022 年是壬寅虎年，祝福勤劳勇敢的中国人民在中国共产党的正确领导下，团结一心、担当作为、奋发图强，用优异成绩迎接党的二十大胜利召开！祝福伟大的祖国繁荣昌盛，人民过上向往的美好生活！我最大的愿望是争取出一本属于自己的诗歌专集或散文集，用文字点亮自己的文学梦想。

（作者正在认真阅读《花开四季》一书）

第六辑　享受徒步乐趣

马场村快乐徒步游

　　2019 年 6 月的一天，恰逢星期六，天气晴朗，气候宜人，我受好友邀请，第一次参加徒步游活动。这次活动地点是沾益区白水镇马场村。参加本次活动的徒步爱好者共有五十多人，而且女同胞比男同胞多，几乎占了三分之二，有机关干部、企业职工、私企老板、个体户及退休人员等，完全超出了组织者的预期和计划。上午八点，我们驱车从曲靖出发，一路欣赏着曲胜高速和白水电厂及白水镇沿路风光，一个半小时就到达了目的地——马场村。

　　从一上车开始，我就想，徒步到底是怎么回事？走山路还是土路？累不累？在山上，午饭怎么吃？好友只是提前告诉我，要准备太阳帽、防晒服、旅游鞋、雨伞、水杯、登山杖等必备物件。同行的车一辆紧跟一辆，很快便到达了目的地。当车队距离目的地一公里左右时，我看到弯弯崎岖的山间土路直通一片松树林，森林茂盛，植被很好，还有一些杨梅树等。车队在林中一块平地停下后，活动负责人招呼大家从领头的车上卸下他们提前准备好的帐篷、大圆锅、炉灶、面粉、蔬菜、调料等。这时我才反应过来，原来是要在这里做午饭吃，感叹道："这不是野炊吗？"帐篷搭好、物品卸下后负责人说："今天的活动内容是徒步巡山，捡菌子、摘杨梅，先自由活动，十一点大家一起动手包饺子吃，午饭就是饺子。"

　　在巡山捡菌子、摘杨梅的过程中，陌生人变成了亲密无间的兄弟姐妹，大家盯着树林草丛间和杨梅树，进行地毯式搜寻，发现野生菌——无论能吃与否，都是喜笑颜开，发现杨梅树上的野生杨梅，就争先恐后地忙着摘个不停。有的发现菌子后兴高采烈："菌子！菌子！我捡到了，哎呀！不能吃的。"没有发现的也说："怎么我这么笨，就捡不到！"有的发现树上的杨梅时惊喜道："这么多杨梅，快来摘呀！摘回家去泡酒喝！"一小会儿，大家几乎都捡到了野生菌，杨梅就更是收获满满，小箩筐都装满了。还有的摄影爱好者更是忙个不停，相机咔嚓咔嚓地抓拍着美丽笑脸和优美风景。整片绿荫葱葱的松树林被朋友们巡了个底朝天。

午饭时间要到了，大家按时赶到集中地，放下手中的野生菌和杨梅，积极参加烧火煮饭，有的切菜洗菜，有的洗锅烧水，有的准备碗筷调料，有的帮忙包饺子等，没有一个闲着。同时，优雅的音乐响起，美女俊男们翩翩起舞，还有的玩起老鹰抓小鸡。此时此刻的马场村小树林成了欢乐的海洋，吃着自己亲手包的饺子，感觉可口香甜，跳着轻松的舞步，感觉似仙女下凡。更开心好笑的是中间有一个小插曲，当各种食材准备就绪、等着饺子下锅时，煮饺子的大锅锅底开裂漏水了，大家感叹道："这下完了，饺子不能煮了，包好的饺子吃不成了！"这时，几个男同志三下五除二就把锅补好了，大家又开心地笑了。

今天的这次徒步捡菌子、摘杨梅活动让我真实地体会到，这样的活动真有意义。我们每个参与人都要衷心地感谢组织者和策划团队，是他们让来自五湖四海的我们相聚一堂，让我们由陌生人变成了亲密无间的朋友，更给我们带来了快乐和幸福。有了他们的辛勤组织，才有大家的相聚，真心为他们点赞！虽然这次短短一天的徒步游活动结束了，但朋友们希望下次再相聚。让我们大家记住彼此，记住沾益白水马场村这次徒步拾菌子、摘杨梅活动。让我们的友谊长存，幸福快乐健康每一天！最后再次祝福各位朋友家庭幸福，身心健康，工作顺利，万事大吉！

海峰湿地徒步观光有感

2019年6月22日，星期六，风和日丽，阳光明媚，我有幸参加了穿山甲户外运动俱乐部组织的沾益海峰湿地徒步观光游活动。

上午八点，我们十辆车50余人的大部队从曲靖原跑团出发，路过沾益，从宣曲高速曲靖北收费站上高速、菱角收费站下高速，转旅游专线直达海峰湿地公园，全程一个半小时。海峰湿地就在我的家乡沾益区大坡乡法土村委会属地，也是我就读初中时沾益县第二中学的所在地。这次的徒步观光游活动对我来说也算是故地重游了。

当徒步观光车队进入湿地景区时，映入眼帘的是一座座圆锥形的尖山静静地坐落在水中，整个尖山被周围的湖水团团围住，并分隔成无数个湖泊，真像是桂林山水就在此。听说这样的小尖山有九十九座，山上长满了各种灌木，石山青白带绿，灌木郁郁葱葱，生长茂盛。湖中盛开的小白花一片连一片。湖水清澈见底，各种野生鱼虾随处可见。还有十几种野生保护动物，如野鸭、秧鸡、鸳鸯、鹭鸶、天鹅、老鹳等时而在空中飞翔，时而蹲在尖石上，时而钻入水中嬉戏。真要感谢大自然为它们提供了栖息之地。静静的湖水边上是大片大片的草地和山间小溪，绿色的草地像地毯一样舒适清凉，徒步的朋友们随时随地躺下，仰望蓝天，耳听翠鸟声，安逸舒服，真想好好在此睡上一觉啊！附近的农民赶着羊群放牧，羊儿长得肥胖壮实。当人们走近时，羊儿被惊得快速溜走，不让游人接近。

徒步观光车队沿湿地环湖大道缓缓行驶，每到一个景点停留半小时左右，要徒步的自行徒步，不徒步的跟车观赏美景。环湖大道虽然不全是柏油马路，但还算好走，宽敞干净。整个环湖路线足足13公里，风景迷人。陡峭的石山及各种奇形怪石错落有致地坐落于水中，倒影映入水面，真像空中楼阁水中建，海市蜃楼现眼前。大家下车就忙个不停，纷纷拿出手机拍照留影，有的戏水，有的赏景赏花，有的躺在草地上，有的翩翩起舞。此时此刻，大家不分男女、不分老少，不怕害羞害臊，相互玩耍嬉戏，其乐融融，好像每个人都年轻了十岁，真是一个可爱的大家庭。团队负责人和组织者老金此时成了大忙人，只听道："老金，老金，帮我拍一张！老金，我也要照一张……"

老金满脸流着汗水，一直在忙着帮我们拍照，到活动结束也没有给自己照一张相片留作纪念，但他却满脸笑容，说能为大家服务很开心。他还为我们五十多口人提前安排了可口的午饭。我真要为他点赞，并真诚地对他说声："谢谢！老金同志，辛苦了！"有了老金，才有了我们今天的海峰湿地相聚；有了老金，才有了我们今天的快乐时光。穿山甲户外运动俱乐部真棒！穿山甲户外运动俱乐部，我们爱你！

今天的徒步观光活动，虽然只有半天时间，但让我感受到了大家庭的温暖与和谐。在返程的路上，我发自内心地感叹道："海峰湿地观光游，陌生人群变朋友；赏了美景观了石，家乡石林就在此。座座石山坐水中，如此仙境自然送；水中杨花真是美，游人看了会陶醉。各种候鸟聚栖地，自然保护好样的；野生鱼虾水中游，品尝美味不用愁。朋友相聚是缘分，关键感谢召集人；不辞辛苦为我们，真是一个大好人。"

最后，祝愿各位喜欢户外运动的朋友们工作顺利，家庭幸福，笑口常开！下次我们再相聚。

（海峰湿地）

户外俱乐部庆典随记

2020 年 11 月 7 日，恰逢立冬节气，天气渐凉，曲靖穿山甲户外运动俱乐部迎来了两周年庆典。庆典活动在距离曲靖城区 15 公里的 320 老国道旁、大海哨社区南海子红色教育基地——睿智假日湾庄园举办。参加活动的都是该俱乐部的户外运动爱好者，共计 140 余人。

下午一点，大家驱车沿着三江大道行驶在通往目的地的 320 老国道上，约半小时后到达了庄园附近的大海哨社区。一下车就有一块"睿智假日湾庄园红色教育基地"的红色标示牌，吸引着大家的眼球。进入园内，一辆辆旧式坦克、吉普车、大炮等雕塑展现在眼前。园内正前方还建有一幢名为"红日楼"的展览馆。

大家急忙下车参观，并情不自禁地拍照留影，我也跟随大家逐一观赏着，真是大饱眼福。接着又慢步走进红日楼一楼大厅，大厅正前方摆放着伟大领袖毛主席的雕像，大厅左上方墙面悬挂着改革开放总设计师邓小平的一幅巨大彩色画像，右面墙上悬挂着毛主席在天安门城楼上宣告中华人民共和国成立的巨幅彩色画像。一楼两侧室内分别展示着毛泽东、周恩来等伟人们的珍贵纪念肖像，还有各种大小不一的陶瓷肖像和战争时期的珍贵照片、报纸、宣传资料等。还有一间专门展示枪支弹药、发报机、电话机等物品的房间。

大家在解说员的详细讲解和引导参观后，深受教育，感悟深刻，都感叹道："中国共产党真是伟大！我们要不忘初心，好好珍惜现在的美好生活。"

参观完红日楼后，我们又来到睿智假日湾庄园。庄园很大，后面靠山，风景秀丽；前面有一个湖泊，湖水中央矗立着一个航天飞机模型，很是抢眼；湖面上有木桥连通，山水相依，美景如画。园内有娱乐室、游泳池、餐厅、厨房，还有一栋六层楼的办公大楼。今天的庆典活动就在大楼三楼多功能会议室举行。我和朋友绕庄园转了一大圈，发现庄园后面山脚处的小树林边还有黄继光、邱少云、董存瑞、刘胡兰、雷锋、杨善洲等英雄的塑像，甚至还有健在的马龙籍战斗英雄史光柱和一些消防英雄的塑像。我感到这个庄园又大又美，整个园内都充满红色教育元素，真不愧为"红色庄园"。

下午四点，俱乐部庆典活动正式开始。一个叫作海洋之歌的男主持和一个叫作英哥的美女主持闪亮登场。他们的主持风格幽默，声音清脆，非常擅长活跃气氛。藏族舞蹈《洗衣歌》、现代舞《我在纳林湖等着你》、独舞《蒙古新娘》、诗朗诵《你是我看不厌的风景》、独唱《感谢》、合唱《相逢是首歌》等 27 个节目依次呈现，这些节目都是大家自导自演的，精彩纷呈，质量很高，连俱乐部负责人老金都亲自登场一展歌喉，大展风采。每个节目都有背景图像和音乐伴奏，当一幅幅徒步健身的照片在大屏幕上出现时，场下的朋友们高兴地惊叹道："有我！有我！那是在海峰湿地徒步时照的。"大家的脸上都露出了灿烂的笑容。

此时此刻，大家都忘记了年龄，忘记了性别，陌生的、熟悉的都在享受这欢乐的场景和气氛，整个现场成为一片欢乐的海洋。不知不觉，两个小时的庆典活动在欢乐中悄然结束。朋友们举杯畅饮，谈笑风生，其乐融融，在难舍难分中返程回家。一天的庆典活动就这样全部结束了。

通过这次活动，我深深感叹道："庆典活动看红展，党的历史眼前现；战时之物亲眼见，可歌可泣泪抹面。伟人英雄塑像立，敬仰爱戴每一位；党的领导真英明，不忘初心永前行。牢记使命忠于党，担当作为勇敢上；中华儿女多壮志，向往未来有底气。美丽中国美丽梦，强国强军赞歌颂；革命传统要发扬，改革创新展希望。"

衷心感谢穿山甲户外运动俱乐部给我们搭建了不同寻常的红色教育平台，同时为我们带来了丰富多彩的文艺节目。

今天的活动很有意义，寓教于乐，内容丰富，既开展了俱乐部两周年庆典活动，又开展了红色教育，我们的心灵受到了启迪和洗礼，真是好样的！希望这样的活动继续开展下去。

最后，祝愿穿山甲户外运动俱乐部越走越远，带领徒步爱好者们继续走出健康、走出幸福和快乐！

干巴水井的美

2019 年 10 月 12 日，我和朋友一起参加了曲靖大美中国户外俱乐部组织的陆良县大莫古镇叠水徒步欣赏干巴水井活动。我们一行 70 多人，其中还有来自曲靖各县和昆明的徒步健身爱好者。干巴水井距离曲靖城区 65 公里。早上八点，我们的车队从曲靖大花桥准点出发，沿曲陆高速急驶，大约半小时就到达了目的地叠水河谷上游源头，大家背上自己提前准备好的背包和器具立即下车，整装待发，名叫阳光的领队宣布道："今天的徒步活动正式开始，沿河道行走约六公里，请大家一定要注意安全，相互照应。"

我们排成长队，沿河谷顺序而行。刚进入河谷，映入眼帘的是清清溪水在石缝间缓缓流淌着，河流两侧矗立着高矮不等的大小石山，错落有致。可能现在是枯水季节，所以河水很小，但河水清澈见底，不时还看得到怪石上长着一些青苔，峡谷两岸长满各种杂草和灌木。大家顺着峡谷的流水由东向西而行，还真像探险寻宝一样。刚开始大家还成群结队相伴而行，不到半小时就拉开了距离，越往前走强度越大。怪石林立，稍微平坦的石板上一个个大小不一的石井出现在眼前，水井里装满了可口甘甜的水，水质胜过饮用的矿泉水，还有成千上万个数不清的小水井，以及双胞井、圆井、方井等，这都是几百年来风吹雨淋和河水冲刷形成的，也是大自然送给人类的天然美景。有的石头光滑平坦，有的怪石锋利无比，有的岩石像火山石，一不小心跌倒就会划出伤口。这时，我才知道它为什么叫作"干巴水井"。大家一边攀石行走一边忙着拍照留念，虽备感艰辛疲惫，但兴高采烈、激情万丈、乐趣无穷、幸福满满，偶尔还唱起小调，欢歌笑语伴随着潺潺溪流在河谷间回荡。

有的地方还真是陡峭危险，高度有五六米，都是悬崖和怪石，低处藏有尖石和水塘。有一个六十多岁的昆明男子跟在我后面缓慢行走，下行时我告诉他："老师傅，跟着我慢点，注意安全，石头上有青苔。"我刚跨过去，突然听到"砰"的一声，回头一看，他已滑入水塘中，腰以下全泡在水中，下身全部被水浸透，还好没受伤。他慌乱中立马从水中爬起来，坐在高石上用手拧着湿透的裤脚。我问他："怎么啦？你伤着没有？"他答道："没事，有点滑，踩到青苔没站稳，落水了。"随后，大家走了两个多小时，快下午一点钟了，才顺利走出河谷。沿途高山峻岭，悬崖陡峭，溪水潺潺，河谷两岸杂草树木丛生，偶尔瀑布出现，稍大的天然水塘石井倒影显现，人在石间走，水在石间流，欢歌笑语山谷留，友情互助暖心头。走出河谷，大家都感觉汗流浃背，疲惫不堪，肚子也饿了。领队安排休息半小时，于是大家三五成群地在一处宽敞的岩石上吃起了自带的午餐，尽管多数人都互不相识，但大家彼此交换食品，吃得津津有味，真是一个开心快乐的大家庭！吃完午餐后，队伍继续前行一公里左右，来到了宽敞的柏油马路上，今天的徒步活动算是结束了。我们匆忙上车返程。

通过今天的活动，我深深感叹道："干巴水井真是美，悬崖怪石自然立；成千上万小石井，数不胜数入眼里。高山峻岭河谷间，自然怪石亲眼见；清清河水石缝流，人间仙境心中留。徒步健身活动好，新老朋友见面笑；艰难险阻互相帮，不枉此行记心上。亲近自然心怡悦，登高望远忘悲切；徒步健身强体质，人与自然共和谐。"

衷心感谢活动组织者，有了你们的辛勤劳动，才有了这次相聚和快乐。祝愿各位身心健康，工作顺利，家庭幸福，快乐永远！下次咱们再相会！

（作者在干巴井徒步活动留影）

（2020年10月17日，作者在昆明宜良滇越米轨铁路徒步时留影。）

快乐徒步香炉山

今年五一假期，我离开喧嚣的城市，走进大山徒步健身、赏花赏景，去看了云南省曲靖市马龙区的那道亮丽风景线。5月2日，马龙区旧县街道隆重举办"徒步香炉山·旧县森呼吸"活动。本次徒步活动的队伍很庞大，足有500余人，我也跟着朋友一起参加了。

上午八点三十分，简单的仪式后，大家身背补给包，分成八个小组，高举队旗，在组织者的精心安排带领下进山徒步。这次徒步活动行程十公里，安排在风景秀丽的省级风景区香炉山。路还算好走，沿途不仅有青石铺筑的景区小道，还有山间土路。徒步爱好者们在徒步健身的同时能顺路欣赏千年古刹文化和深山峡谷美景。

刚进山时，山中悬崖上一个巨型似香炉的怪石坐落山尖，人们急忙拿出手机拍下香炉美景，香炉山的取名也许就源于此吧。山路一边是悬崖峭壁，怪石成峰；一边是绿树成荫，鸟语花香。山涧谷底，潺潺溪流哗啦淌，小桥流水清见底。香炉山空气清新，景色迷人，大家在森林和峡谷间深呼吸，这里真是天然氧吧！

大家一路前行，歌声、笑声、欢呼声响彻峡谷云霄。大家走过深山峡谷，蹚过溪水，翻山越岭，穿过密林，翻过一山又一山。在鲜艳的三角形队旗指引下，大家相互帮衬，没有迷失方向，也没有人掉队。不知不觉一个小时已过，徒步路程完成一半，多数人汗流浃背，气喘吁吁，但仍然坚持着，没有一个人叫苦喊累，大家相互帮扶，鼓劲加油，个个脸上露出灿烂的笑容。

五百多人的徒步队伍在密林中穿梭，在峡谷间行走。认识的、不认识的，此时此刻都成为了朋友，像是亲密无间的一家人。有的还将自己随身携带的水果、巧克力、面包、矿泉水等分享给他人吃，大家吃在嘴里甜在心上，还互相留下电话和微信。大约十一点，庞大的徒步队伍从香炉山风景区入口处出发，绕山徒步一圈的旅程结束，大家陆续到达终点。

　　徒步结束，举办方还举行了现场抽奖活动，奖品都是精美的食品，价值从几十元到千元不等，足有两百个奖项。抽奖活动精彩无比，大家排队抽奖，每个人都可抽奖一次，当轮到自己时，个个都摩拳擦掌，瞪大眼睛，总希望自己中个大奖。当主持人宣布中奖结果时，全场一片欢呼声和鼓掌声，得奖者更是惊喜无比，满脸笑容——没想到徒步健身活动还有大奖可拿。此时此刻，大家都忘记了疲惫。

　　通过这次香炉山徒步活动，我们既健了身，又欣赏到了祖国的秀美山川与大好河山。在此，真心感谢马龙区旧县街道的领导和志愿者们为我们搭建了这个很好的平台，给我们提供了较好的服务，让我们走进大山、亲近自然，更让我们过了一个富有诗意的五一劳动节。祝美丽的香炉山香火永旺，历史文化永传！

（香炉山）

上山拾菌的快乐

　　进入夏季，天气炎热，不时还有阵雨降落，山上的野生菌也破土而出，这正是上山捡拾野生菌的大好时节。七月的最后一个周末，我跟朋友相约已久的上山拾菌活动终于启程。

　　上午八点，载有13人的三辆轿车，离开喧嚣的城市，从曲靖城区大花桥出发，沿着翠峰西路、云霞路、三江大道、麒马大道、320省道，前往50公里外的马龙区王家庄街道扯度社区大山村后山，徒步赏景捡拾野生菌。我是本地人，所以本次活动由我担任向导。路还算好走，都是柏油马路和水泥路，只是乡村路道有些狭窄多弯。大约半小时，终于到达大山密林处，这里建有一个塘碑亭子，也就是本次拾菌活动的目的地。结伴而行的朋友急忙背上装满饮用水、食品的背包，手拿登山杖和箩筐巡山拾菌。

　　这片山林与沾益区、寻甸县接壤，算是三县交界处。森林茂密，植被保护完好，野生菌也很多，每年夏秋之季，这里就是捡拾野生菌和徒步健身的好地方。我和朋友们在密林里穿梭，翻山越岭，踏过草坪，跨越小溪，经过烤烟地块，走过一山又一山。大家睁大眼睛，像扫雷似的不放过任何一个角落，寻找着树下、草丛中的野生菌。当有人发现菌子时，便吼道："快来看！快来看！这里有好多菌子。"所有人全部高兴地蜂拥而上，围观拍照和发抖音。有一个叫作开心果的女士，数她眼睛最尖，经常是她首先发现菌子。有一种"珊瑚菌"，我们也叫"刷把菌"，这种菌子长相很像珊瑚或刷把，数她捡拾的这种菌子最多。其他伙伴也捡拾到了一些青头菌、铜锣菌、奶浆菌、牛肝菌、钉子菌、灰老头等，大家都收获满满。还有一些大家不熟悉，但又大又好看的菌子，拿不准是否可以食用，不能带回家美餐，只能欣喜地仔细观赏拍照。

　　一小时左右，天空飘起了毛毛细雨，但没影响大家的拾菌乐趣，大家纷纷撑起手中的雨伞或穿起雨衣继续前行。不知不觉已到午餐时间，刚好路边有一户田姓农家，只有男女主人在家，正好可以去他家避雨，准备午餐。这家人很热情好客，见到我们想在他家避雨，高兴地起身让座，并搬出很多凳子让我们就座。他家刚吃完午饭，正准备做点给我们吃，大家都说带午饭了，谢谢，只想避避雨。同伴们拿出各自准备的饭菜、馒头、水果、熟鸡蛋、咸菜、副食品等，分享着吃，还有一个大姐从家里带来一大壶热酸汤，喝着真爽口。也许是巡山拾菌太辛苦，大家吃起东西来又快又香，此时真像是一家人一样，笑声不断，其乐融融。

午饭后，雨仍然下个不停，每个人都捡拾到很多野生菌，算是收获满满，既捡拾到了野生菌，又欣赏到了大山深处的美景。一天的拾菌活动就这样结束了，大家集中乘车返程。返回途中，我情不自禁地感悟道："深山密林拾野菌，男女朋友结伴行；美丽风景深山处，天然氧吧苍天露。大山拾菌遇降雨，空气清新如仙境；开心快乐拾野菌，幸福满满朋友情。离开喧嚣大城市，五十公里大山聚；走山拾菌强身体，明年夏季再相聚。"

让我们走进大自然、亲近大自然、保护大自然；让山常绿，溪流常清，人与自然和谐共处。绿水青山就是金山银山，祝福祖国的山川河流美如画！祝朋友们健康快乐每一天，美好的生活比蜜甜！

走进大山寻找春的美丽

2021年2月27日，元宵佳节刚过，天空放晴，白云虽多，但无烈日，更没飘雨，正是进入大山、寻找春景的好时机。我随曲靖驴窝户外运动俱乐部走进滇东富源回隆大山，寻找春天的美丽。

早上七点五十分，来自曲靖周边和富源县的各位朋友从曲靖一汽红塔汽车厂大门口统一乘车前往富源县回隆回族乡的密林深处，寻找春天的美丽。大约半小时，两辆大巴到达回隆乡回隆水库下游村庄旁。大家带上各自的"长枪短炮"和随身物品，依次下车，俱乐部负责人阳光和水晶召集大家站队，清点人数。此次进山人员共88人，其中男士26人，女士62人，来自曲靖的65人，富源的23人，还有一个小男孩。随后，所有人沿着小路按顺序进山。

春季的深山，满山遍野，片片翠绿，松软的腐质土上铺满落下不久的厚厚松毛和树叶，走在上面十分柔软。高大茂密的青松、棵松、阔叶等长出嫩芽和小叶，还有些山茶花和一些不知名的鲜花已朵朵盛开，真是山花浪漫密林处，一片美景吸眼球。大家相互簇拥着，忙着拍照。翻过了一山又一山，钻密林、过沟壑，路过了草丛过田野。一会儿赏山间茶花、杜鹃花，一会儿赏田野油菜花、萝卜花，还有大片大片绿油油的小麦和绿肥草。绿肥草，我们也称肥地草。路过一片荒地时，荒地长满了刚生长出的鲜嫩面蒿，这些面蒿让女士们欣喜若狂，忙摘了带回家做面蒿粑粑吃。

大山茂密的原始森林和山间田野风光迷人，春天的气息格外浓厚。原计划只是徒步健身、赏花赏景，谁想转山、转水、转田野，走了山路走田埂，走了土路走水泥路，不知不觉走了25公里。大家都没想到走了这么远，我更是没想到这次进山寻春突破了自己徒步的极限，而且还不感觉累。也许是美丽的春色和自然美景吸引了大家的注意力，让大家早已忘记了疲惫和劳累。最让我感动的是那个11岁的小男孩，他跟随父母，也坚持走完了全程，没叫一声苦和累，看上去还很兴奋和自豪。

　　一整天的富源回隆走山寻春活动在不知不觉中悄然结束。一路下来，大家互帮互助，将大自然的春景尽收眼底。特别是女士们，天生喜欢鲜花、喜欢拍照、喜欢美景，男士们几乎都成了她们的摄影师和帮手。

　　这次走进大山寻找春的美丽让我感悟道："正月十六进大山，寻找春季好景观。祖国山河景色美，春天美景让人醉。春意盎然片片绿，鲜花盛开满山翠。绿水青山金银山，美丽春景眼前现。最美春天人人爱，成群结队踏青来。"

（参加富源回隆徒步活动的大合影）

第七辑　亲近自然

河畔枇杷树

云南马龙城中有一条美丽的马龙河，河水清澈见底，河畔风景秀丽迷人。这条河是马龙人民的母亲河，河道两旁栽种着垂柳、樱花、枇杷、紫叶李、女贞、木樨、小香樟、蔷薇等上百种名贵花木，其中的枇杷树四季常绿，最引人注目。

四月的清晨，我漫步在小河边，百余棵生长茂盛的枇杷树，吸引着我的眼球。几天前，刚下过一场春雨，硕大的枇杷树棵棵翠绿，枝繁叶茂，似一把把巨伞，也像一朵朵撑天大蘑菇，在小河两岸挺拔伸展。仔细观察树枝，枝长足有两三米，树高足有三四米，无数枇杷果满挂枝头，在阳光雨露下渐渐成熟。春风吹过，树叶哗哗作响，时不时还有几片绿叶被风拽落，枇杷果在绿叶的映衬下摇摆点头。硕大壮美的枇杷树成为当下小河沿岸一道亮丽的风景线。

成熟的枇杷树果实味道甜美，营养丰富。除了鲜食，还可以将枇杷果肉制成糖水罐头或酿成枇杷酒。

枇杷树冠整齐美观，可作为庭院绿化和风景区绿化树种。枇杷树生命力强、生长迅速、遮阴效果好、耐修剪、花粉无刺激、落叶时间基本一致、挂果时间长，是一种优良的道路绿化树种。同时，枇杷树对保持水土、美化环境、改善生态条件具有很好的作用。

枇杷果实中含有坚核，民间常将其作为健康长寿、子嗣昌盛的象征。人们常将枇杷树与石榴树搭配栽种，寄托多子多福的美好寓意。枇杷的果实色如黄金，被誉为"黄金丸"，象征财富殷实，人们也常将枇杷树与柑橘树配植，表达"招财进宝"的愿望。

园林配景中，还将枇杷树与银杏树搭配，寓意"金玉良缘"。在绿化造景中，将现代景观与传统文化相结合，对提升地方文化内涵具有很大的作用。杜甫诗"杨柳枝枝弱，枇杷树树香"，生动地勾勒出了枇杷的形、色、味。枇杷树栽种于小城中的河两岸成为风景树，让市民观景纳凉、赏花赏景，还可品尝到美味香甜的枇杷。

美丽的马龙城风景秀丽，城在景中，景在城中，唯一的马龙河穿城而过，醒目的枇杷树将小河装扮得格外美丽迷人。名贵枇杷两岸栽，伴随流水财富来。马龙人民依河居，美丽小城新气息。美丽小河景色美，壮美马龙幸福催。人见人爱好马龙，迅猛发展凯歌奏。

我爱马龙的山和水，爱马龙城中的小河，爱小河两岸的枇杷树，更爱勤劳的马龙人民。祝愿马龙花开四季，美景长留，人们生活更加幸福！

（马龙城中的小河"马龙河"）

冬游西河公园

进入冬季，偶然间在抖音里刷到，有红嘴鸥来滇东腹地西河湿地公园过冬。周末闲暇之际，天空有些阴沉，但无降雨也无暖阳，很适合近郊短游观鸥赏景。我突发奇想，带上家人驱车前往西河湿地公园探个究竟，想目睹海鸥翱翔和冬日的西河公园美景。

西河湿地公园坐落于滇东曲靖市沾益区珠江源大道西侧约 600 米处，距曲靖市主城区中心约 8 公里，距沾益区城中心约 5 公里，算是两城交界处，隶属沾益区管辖。公园于 2017 年建成，属国家级湿地公园，目前是曲靖市最大的郊区公园，也是最新的公园和档次最高的公园。

公园位于沾益西河水库下游，有一条河由西向东流淌，这条河叫作西河，这也许就是公园得名的由来吧。公园主要有河流湿地、沼泽湿地和人工湿地三大类，是珠江源大城市北部新区最大的基础设施配套项目，也属曲靖市五湖之一。

进入公园内，一条彩色环园健身步道宽敞整洁，足有三四公里长，步道两旁栽种着香樟树、桂花树、银杏树、泰山松、雪松等数百种名贵树木和观赏花卉，一年四季都会有五种到十种鲜花开放。相隔三四百米，有健康知识宣传栏、健康小屋、母婴室、小卖部、雷锋志愿者岗亭、自动除颤仪，还有休闲凉亭、观景台、垃圾桶和各种石凳座椅，方便游客休闲娱乐，各种配套设施齐全完好。花草树木草地间还躺睡着各式各样、奇形怪状的石头，有的像动物，有的像山峰，这些都是大自然的馈赠，让人赏心悦目。

最为壮观的要数公园中心位置的一个人工湖，足有四五百亩大，环湖岸边铺筑着青石板路面，湖边还有安全石桩和护栏。湖水干净清澈，微波荡漾，偶能见到鱼群串游。听说近期常有红嘴鸥在湖面飞翔嬉戏，湖堤边有游客喂食海鸥，但今天只见到很少的海鸥。我在湖边逗留了两三个小时，只见到七八只海鸥在湖面上高低盘旋，还来不及拍照，它们就呱呱叫几声飞远了。此时此刻，我仿佛就站在省城昆明的翠湖公园边上赏鸥，原来这里就是我在抖音里刷到的有红嘴鸥出现的地方。可能是今天有点冷，海鸥怕冷躲起来了。

湖中建有音乐喷泉，这也是最吸引人的一个景观。往年，音乐喷泉一般都是在每周三、五、六晚上的七点至九点对游客开放，今年暂时关闭。前年我也来此观赏过，真是艳丽多彩，颇为壮观美丽。随着一曲曲美妙动听的音乐响起，灿烂耀眼的水柱在五颜六色的灯光照耀下，伴随着音符高低起落，构成各种水幕画，让整个公园的夜空绚丽无比，让游客们大饱眼福、赞叹不已！西河公园规模宏大的音乐喷泉在滇东曲靖是唯一的，这也是公园的最大看点和亮点。

西河湿地公园内的西河流水穿园而过，三座石拱桥中有两座跨河而建，一座连通湖水，站在石桥上可以桥上观桥。河道两岸全是大小青石筑堤，并用钢丝绳紧扣，不易坍塌。河步道两旁，怪石栅栏，花中立石，石缝生花，虽是冬季，但树木仍然青翠茂盛，仿佛还是春夏季节。河水清澈见底，只是感觉水浅了很多，也很平静。夜幕降临，我站在一座石桥上，眺望远处，河岸两边的景观灯闪烁耀眼，倒影折射水面，让人心旷神怡，忘却了初冬夜晚的丝丝寒意。

冬季的西河湿地公园短暂游让我领略了公园冬景的美丽。园内的花草树木、奇形怪石、明镜湖水、飞鸟海鸥、白景夜灯，让我在初冬时节百看不厌。园内的服务设施、健康文化宣传、卫生整洁、管护到位，这让我感到欣慰和自豪。

据悉，西河湿地公园是当地政府以西河湿地生态系统为主要资源，以湿地保护、科普教育、水质净化、生态观光为主要内容的大型公益性生态工程，为进一步巩固提升山水园林宜居城市而建，是一座集"水、堤、路、桥、岛、绿、商、居"于一体的生态综合公园。该公园现已成为网红打卡地，更是珠江源城市曲靖的一张名片。

富有历史文化的泰丰公园

说起曲靖泰丰公园，多数曲靖市民会感到有些陌生，但说到曲靖外滩则无人不知。其实，泰丰公园跟曲靖外滩是连在一起的，泰丰公园入口处就是曲靖外滩。曲靖外滩以商业、饮食、休闲、娱乐著名，泰丰公园以山水园林、文化长廊、历史故事、赏花赏景、走路健身闻名。凡到曲靖外滩的游客，也必然会到泰丰公园休闲纳凉，放飞心情。

泰丰公园，以前我也去过一两次，但没注意到公园石刻标牌，并不知道那是泰丰公园，也没有全园游览过，总以为叫作曲靖外滩。这个周末，我跟家人一起再次来到这里游玩，才发现外滩很热闹，但占地面积不大，而泰丰公园游客不算太多，但占地面积很大。泰丰公园位于云南省曲靖市经济技术开发区白石江两侧，南起珠源西路，北至瑞和东路；以"城市生活廊道"和"平灾结合"为设计思路，注重游憩功能与防灾功能有效转换，集文化、休闲、游览、康体、防灾应急避险于一体。

公园围绕白石江两岸打造，沿着入口水泥路道进入园内，有步行铁质栈道连通路面。步行道边及白石江沿岸种植着许多风景树和花草，有白玉兰、广玉兰、元宝枫、紫薇、滇朴、黄连木、小桂花、球花石兰、红枫、常青藤、金丝桃、金菊、薰衣草等。江边及水中一棵棵垂柳成荫，柳条好似少女的长发，婆娑倒挂，随风舞动，还有片片芦苇丛茂密生长，因是五月酷热天，时而能听到蛙声和翠鸟声。河畔柳树下的石凳上，一对对情侣相拥嬉闹；绿草坪、江水边，几对拍摄婚纱照的俊男美女手捧鲜花，在摄影师的指挥下，不断摆弄着各种亲密姿势。漫步在公园内，大自然的美丽风光映入眼帘，让人心情愉悦。

公园里，最美丽壮观的要数文化长廊。拱形的文化长廊神似铁路隧道，顶部长满密集的常青藤，长廊足有1000米长，廊内每隔一二十米就有五六个花岗岩条凳对称摆放，供游客小坐休息乘凉。长廊两侧支架上挂满了曲靖本地古今名人画像及革命事迹简介，还挂有一些曲靖老字号土特产品介绍，如宣威火腿、富源魔芋、陆良麻衣馓子等。

园内还建有两座跨江石拱桥，叫作利众桥；一幅巨大的味县浮雕简介石雕墙。味县浮雕根据史料记载，借鉴了清明上河图的艺术表现形式，以红砂岩浮雕的形式，生动地还原了当时的味县市井生活的繁荣景象，建筑、人、树木、山、水、田地和谐统一，构筑了一幅繁华的民俗画卷。

公园江边小岛上有一座巨大的徐霞客雕像——身穿长袍，背挎雨伞，左手拿斗笠，仰望前方。雕像底座记载着：徐霞客，1638 年农历 9 月 12 日，从小坡太和山进入三岔坝子考察了白石江，为纪念这位伟大的地理学家、旅行家和文学家，故将此岛取名为霞客岛。据记载，徐霞客出龚起潜家直奔翠峰，走过一座三孔石桥，当地人叫作黑桥，沿着一条石铺的古驿道五尺道穿村而过，越太和山进入三岔坝子，取道北上，经过石幢村边的新桥，穿过戈家冲、刘家坡，考察了沐英、傅有德与达里麻展开大战的白石江。

我在风景秀丽的泰丰公园里，在观赏美丽风景的同时也认真品读着公园悠久的历史文化。我认为，这个公园是一个历史文化主题公园，文化氛围浓厚。到此一游，收获颇多，真是没有白来，愿曲靖的悠久历史及古老文化永远传承。

故地重游玉林山

"辛丑牛年寒冬季，冬日暖阳和煦喜；盼望已久故地游，缅怀先烈无他求。爱国主义教育地，玉林精神永传续；红军长征世人赞，革命传统世代传。"

2021 年 12 月 18 日，难得天空放晴，恰逢周末休息，我驱车前往家乡曲靖沾益区城郊的玉林山公园。昔日的玉林山现已成为玉林公园，成为爱国主义教育基地。

记忆中，大概是 1982 年至 1985 年间，我在沾益一中读高中时来过一次，距今最少也有 36 年了。那时的玉林山，感觉很小，坐落于县城郊外，交通不便，上山只能步行。只听说山上有牺牲的革命英烈坟冢，一直都有部队驻守，也没有建纪念碑，不常对外开放。现在玉林公园成为爱国主义教育基地后，宽敞的柏油马路从山脚公园大门口通过，还有公交车站，交通便捷，坐在车上就能看到通山道路、台阶和大门，并常年开放。公园入口处两侧还竖立着一块两米多高的 1997 年云南省委省政府立的"云南省爱国主义教育基地"地标石碑。

沿着台阶上行百米左右，是一道尖形对称花岗岩公园大门。大门右侧墙体上镶嵌有"玉林公园"四个金黄竖立的醒目大字，下方还有"玉林山——爱国主义教育基地"字样。进入园内，一路向上爬行，道路干净整洁，台阶伴随柏油路面直通山顶，风景秀丽迷人，森林植被保护完好。山上种植着云杉、雪松、香樟、沙木、青松、圆柏、广玉兰、法国梧桐等名贵树木和各种花草。云杉树最多，而且姿态怪异，吸人眼球，笔直树干上分段长出圆形鼓包环抱树干，将整棵树装扮成葫芦状。林间和道旁还建有好多休息凉亭、观景台和石桌石椅及垃圾箱，方便游人赏景、歇息、休闲。路边草丛中一块三角形岩石上的"红军精神传万代"标语吸引着我的眼球，字样虽经风吹日晒有些模糊，但依旧能清楚地辨认出来。

来到山顶处，开阔平地上一道花岗石雕刻的四柱牌坊门让我惊喜！正中门头上"胜利会师"四个大字耀眼夺目，四根方柱正面分别刻有"中国人民解放军原边防第六支队烈士纪念园""云南省曲靖市原滇东北地区革命斗争史纪念馆"和一副长联。上联"冀鲁豫发展成长，上升主力，过黄河、战淮海，渡长江，克京沪，进军西南三千里，堪称得革命军队"，下联"滇东北从无到有，由小到大，克罗平，打雨碌，陷会泽，攻松林，血战宣威分水岭，不愧为人民武装"。门柱两侧还有石刻的玉林山会师简介和玉林山爱国主义教育基地改扩建简介。

进入门柱牌坊内，一条约五十米长的青石路通往内院。通道两旁有雷锋、刘胡兰、黄继光、邱少云、张思德、江姐、董存瑞、方志敏、张自忠及狼牙山五壮士等英雄模范人物画像，同时附有先进事迹展览。内院正前方建有一座威武雄壮的石雕革命纪念碑，碑心采用汉白玉雕刻着一幅胜利会师图，画面栩栩如生；汉白玉石雕上方的"千秋豪气"四个大字刚劲有力，最上方的革命英雄人物雕像身着军服，手持军旗，勇敢豪迈。内院四周还建有石墙长廊，长廊石墙刻录着边防第六支队烈士纪念园修建记和烈士英名录及捐资建园名单等。纪念园旁还建有一栋两层高的滇东北革命斗争史纪念馆，但这次没能进馆参观，稍有遗憾。

今年是中国共产党建党 100 周年，时隔三十多年，我重游家乡玉林山公园——爱国主义教育基地。我既欣赏了山中丛林的美景，又进一步了解了伟大的长征精神、革命史；既对家乡人民、对革命圣地玉林山的修建保护感到欣慰与敬佩，也目睹了家乡的变迁与繁荣。这让我又一次受到了爱国主义教育，心灵再一次得到洗礼。此时的我深深感叹道："没有共产党就没有新中国，没有这些革命英烈的浴血奋战和献身精神，就没有我们今天的幸福生活。我们要不忘初心跟党走，牢记历史勇向前，让红色基因世代传承。希望勤劳勇敢的家乡人民不忘来时路，珍惜来之不易的幸福生活。"

在此，衷心祝福我的最美家乡珠江源头第一城——沾益——蒸蒸日上，前程似锦！祝福家乡的父老乡亲永远过着幸福的美好生活。

（沾益玉林山公园）

（中国人民解放军原边纵第六支队烈士纪念园）

雨中游小龙湖

"寒冬徒游小龙湖，突然天空降细雨；雨中漫步湖两岸，山水相依享乐趣。" 2021年12月25日，恰逢周末休息，又是西方圣诞节，我与家人乘坐63路城市公交车，前往云南曲靖城西郊16公里处的翠山影视城风景区小龙湖冬游。出门时，天气微寒，并没下雨，只有厚云挂天。

小龙湖，坐落于曲靖经济技术开发区西城街道王三屯社区翠山脚。小龙湖跟翠山影视城旅游风景区融为一体，中间只有一条乡村道路相隔，一山一湖一景区，算是两个旅游点。城市公交刚开通几个月，终点站就在影视城大门口，交通便捷。一条弯曲的柏油马路可以通往马龙区的张安屯街道，坐在车上就能观赏到小龙湖畔的山水美景，尤其是湖对面依山而建的古香古色的房屋和崇山峻岭，还有山顶横跨山峰而建的绕城高速及立交桥，很是引人注目。我曾经驾车路过几次，只是远眺，从未实地游览过。对此地向往已久的我，今天总算有幸与家人到此一游，倍感兴奋。

大约40分钟后，公交车到达终点。我和家人急忙来到小龙湖畔，沿着刚修建好的环湖步道慢慢欣赏湖光美景。环湖步道干净整洁，足有两三公里长，湖边还设有安全防护铁栏，相隔百米处还建有休息凉亭和观景台。路旁种植着各种风景树，时下正遇冬樱花盛开。小龙湖三面环山，仿佛被群山环抱，虽是冬季，但山上仍然鸟语花香，满目翠绿。目前是枯水季节，感觉湖水浅了很多。不一会儿，天空突然降下蒙蒙细雨，我们撑起雨伞继续观光游湖。来到对面最醒目的古建筑处，房屋沿山错落有序而建，一块平地一幢房，有餐厅、住宿、娱乐、古文雕刻等。这里靠山沿湖，风景秀丽，特别是竹林生长茂密，形成了一道壮美的画面，让人大饱眼福。

顺着环湖步道进入最西边的湖尾山谷处，高山峡谷映入眼帘。山谷两边森林茂密，远眺山峰最高处，一座高速立交桥横跨山峰之巅，巨大钢混浇灌桥墩支撑起"丁"字形高桥，仿佛就在云端，真是壮观无比。峡谷间怪石林立，这是大自然的造化和人类智慧的结晶，真让我观而叹之，这是人间奇迹。再回头看向小龙湖，安静的湖水，无波无声更无浪，只有寂静，还有十多个垂钓爱好者，相隔百米，分别安静地坐等鱼儿上钩。每个垂钓人睁大双眼紧盯水面上的鱼漂，我饶有兴趣地观察了半天，也没见他们钓到一条鱼。也许冬季水冷，鱼儿都藏到深水湖底取暖去了吧！垂钓人还真有耐心。雨越下越大，我和家人也加快脚步，来到一道新建的雕龙画虎的高大木质大门处，刚好可以在门头下方避雨。

小龙湖不算太大，但群山环抱，水质清澈，乌云山峰倒影映入湖面，几只游艇安静地靠着岸。冬季寒冷，加之下雨，到此旅游观景的人很少。听管理人员介绍说，这里风景优美，交通方便，夏天和节假日来徒步、观光、划船、垂钓的人很多，冬天和下雨天人很少。小龙湖旁建有一个名叫枇杷园农庄的农家乐，简朴雅致的门头上滚动着"正在营业"的字样。我们入园参观，园内种植着各种无公害、纯天然的蔬菜，又大又嫩，还饲养着成群的鸡、鹅，有桃树、苹果树、梨树等。其中，要数枇杷树最多，足有几百棵，而且枇杷树上结满了青绿色的枇杷果，主人说这是反季节枇杷。这些枇杷树都栽种在步道两旁，枇杷园农庄得名也许就是因这些枇杷树吧！农庄可容纳上百人，有会议室、KTV、儿童乐园、无烟烧烤区等，功能齐全，来小龙湖观光的多数游客在游览完小湖美景后都会来这里休闲就餐。

目前，翠山脚下的小龙湖正在扩建改造中。我相信，改造好的小龙湖会更加迷人，湖水会更加清澈，蓝天白云照湖面，山水相依峡谷间，最美风景醉人眼。此时此刻，步道上积水增多，我的鞋裤都被淋湿，雨还一直下个不停，只有乘上公交返程回家。今天冒雨游小龙湖，让我不由感叹道："城市郊外秀美湖，山美水美情感露；虽然天公不作美，冒雨游湖心儿醉。山水相依冬季景，清澈湖水明亮镜；最美风景藏山谷，乡村旅游发展路。"

绿水青山就是金山银山，真心希望我们每个人在亲近自然的同时，不忘保护自然、保护环境，坚持绿色出行，让天更蓝、水更清、山更绿、鸟成群，人与自然和谐共处。

（小龙湖）

小城中的龙泉公园

云南马龙属曲靖市管区，原是一个县，2018 年撤县设区，常住人口 20 余万人，距昆明 112 公里，离曲靖 25 公里。县城虽小，但交通便捷，人文地理环境优美，历史文化悠久，古代是兵家必争之地。县城中央地带有一座锥形小山，名叫旧城山，现已改造为龙泉公园。

龙泉公园是马龙县城的最高处，处于县城中心位置，曾经是县人民医院住院部和检察院的所在地。它占地面积不算太大，有 300 公顷左右。勤劳纯朴的马龙人围绕旧城山而居。如今的旧城山旧貌换新貌，已变成了风景优美、市民皆知的龙泉公园。公园有东南西北四条通山小道和三道美丽壮观的古朴大门。从北门入园，有青石铺筑的台阶与三块平地直通山顶，也可以驾车从大门旁边的柏油马路上到最高处。

清晨，我从北门顺着石台阶进入公园大门，抬头仰望门头上方"龙泉公园"四个精美大字。大门古朴文雅，园内干净整洁，建有四个古式的休闲娱乐凉亭，环山小道两旁绿树成荫，种植着各种名贵花木，有桂花树、香樟树、雪松、圆柏、侧柏、马缨花、茶花等，其中茶花最多。虽是腊月天，但茶花满园盛开，艳丽夺目，还有片片竹林。空气清新，仙气缭绕，让人陶醉，偶尔还能听到"咕咕""叽喳"的鸟叫声。

公园山顶处还建有一个龙泉青山宾馆，也叫休闲山庄，山庄里应有尽有，设备齐全，目前正处于重新改造阶段。在几处宽敞平台处还有些男女在耍拳舞剑，姿势优美动人。环山步道上走路健身的市民络绎不绝，气喘吁吁，虽有寒意，但他们看上去汗流浃背，满面红光。我在园内漫步赏景，时而驻足拍照，但也走出了一身汗，全身都很暖和。站在山顶眺望远方，马龙县城全貌映入眼帘，真是高楼成群林立。

近年来，随着马龙创建全国文明城市和"森林马龙"建设的开展，龙泉公园森林植被保护完好，又地处城市中心区域，已成为广大市民健身、休闲的好去处。我不仅爱这座旧城山，更爱这个风景秀丽的龙泉公园。下山时，我情不自禁地感叹道："马龙城中有座山，山名称作旧城山；山小景美游人旺，现已变成森林园。世代龙人依山居，安居乐业养生息；美丽公园伴美城，人见人爱马龙城。"

祝福马龙和谐健康稳定发展！祝福马龙人民世代过着美好的幸福生活！

（马龙龙泉公园）

单位对面的森林公园

我们单位对面有一个森林公园，它的名字叫作大树林森林公园，占地面积应该有 1000 多公顷吧！这个公园是离县城最近的森林公园，山不高、路不陡，从单位大门口步行十分钟就能到。

这个森林公园风景迷人，园内还建有一座寺庙，叫作"正觉寺"，每逢初一、十五香火最旺，到此祈福拜佛的市民络绎不绝。据说，正觉寺的前身叫作马龙云龙寺，很久以前被毁损，20 世纪 90 年代重建，为典型的中国传统寺院，也是马龙城区唯一的一座寺庙。正因有了这个寺庙，加之森林保护完好、基础设施完备，坐落于城边，到此休闲散步的人也就很多。

这个森林公园我有近两年没来过了。今日清晨，天气很好，上班前，我独自一人到此逛逛。山脚的正觉寺佛门紧闭。沿着石铺的弯曲小道一路上山，小道两旁，森林茂密，生长着青松、赤松、圆柏、圣诞等各种树木，有的高耸入云，有的矮小成群，有的苗直，有的弯曲斜躺。由于是深冬季节，树叶和松毛遍地都是，唯有树干仍然挺拔。也许是在城边上，气候温和，公园里还是满山翠绿，绿树成荫，偶尔还能听到清脆的"叽叽喳喳"的鸟叫声。

公园里的道路四通八达，只有南北向的上山道路有点狭窄，多数路段用青石铺成台阶，只能两人并排行走。山顶有一条宽阔的东西向水泥路，可以开车上山。半山处建有一座小凉亭，专供游人休息。路口处设有封山育林重点防火区和禁止烟火标示牌，山顶还建有公厕。站在公园最高处，可以眺望整个马龙县城全景。美丽的马龙城在蓝天白云的映衬下格外美丽，车水马龙，熙熙攘攘，整个小城被丘陵环抱，座座高楼拔地而起，川流不息的昆曲高速穿城而过，更增添了几分繁华景象。站在大树林森林公园最高点，真是一览众山小，美丽画卷眼底留。

大树林森林公园的植被保护和基础设施建设还得益于多年来马龙区委区政府开展的"森林马龙"建设。这里是马龙城的美丽沃土和风水宝地，这个森林公园的存在让马龙更加美丽。

　　俗话说："山不在高，有仙则名。水不在深，有龙则灵。"单位对面的大树林森林公园虽然山不高，没有水流，更没有龙潭，但有一条被称为"小桥河"的小溪流过，加之正觉寺的存在，这个美丽的公园成为马龙的风水宝地。这里是广大市民散步、纳凉的好地方，尤其是清晨，空气清新，仙气缭绕，真是大自然馈赠的天然氧吧！

　　走在林中，仿佛来到了原始森林，人的心灵可以得到洗涤，会感觉全身轻松，心情爽朗愉悦。东边升起的太阳，慢慢将晨雾驱散，缕缕阳光照在脸颊，温暖无比。

　　下山路上，我不由从内心深处感悟道："森林公园好地方，仙气缭绕精神爽。大树林园风景美，离我最近让人醉。院内寺庙香火旺，福地马龙欢歌唱。美丽公园我最爱，大美马龙展风采。森林马龙成效好，绿水青山幸福照。"森林马龙、园林马龙、宜居马龙、文明马龙欢迎你！

（大树林森林公园的正觉寺）

文化氛围浓厚的瑞和公园

云南曲靖经济技术开发区属国家级经济开发区。开发区中央地带建有一个文化氛围浓厚的美丽公园，该公园也称"法治文化主题公园"，名字叫作"瑞和公园"，占地面积足有百余亩。公园沿河而建，河水由西向东流。

初冬时节的周末，恰逢天气放晴，我和家人一同到此一游。刚进入园内，一块刻有"瑞和公园"四个醒目大字的巨石便吸引了我的眼球。石刻背面还印刻着"二〇一七年七月十三日，曲靖市开发区建设局立"的碑记。石刻碑文翔实记录了瑞和公园建设的由来、初衷和简况。

公园入口左侧建有约 20 平方米的墙面，墙面正中镶嵌着"法治文化主题公园"几个大字，上方挂有公平秤图案，下方有"法，12·4"红底白字圆形图标。墙体左面刻有"科学立法，严格执法"，右侧刻有"公正司法，全民守法"，均为黑底金色。墙体基石正中处摆放着一本翻开的法律书籍的逼真雕塑，书面印有"尊法、学法、守法、用法"几个红色大字。这些法治宣传语句和图案工整威严，形象鲜明，自然生动，瑞和公园也因此被称为"法治文化主题公园"。听说，好些大型法治宣传活动都在此举行。

公园入口右侧坐落着一块巨型石雕。巨石正中刻有"五尺道"三个红色大字，右下方尖石上刻着"味县"竖排鲜红大字。整块石雕从下往上刻画着曲靖味县、昆明、楚雄、大理、保山、腾冲、赫章、昭通、石门关、宜宾至成都五尺道各个关卡的地图。石刻基座处左侧有五尺道简介——五尺道是连接云南与内地的最古老的官道，秦始皇从修筑道路入手，开发和治理云南。蜀郡太守李冰在川滇交界的僰道（今四川宜宾）地区开山凿崖，修筑通往滇东北地区的道路。秦始皇又派遣常安继续修筑这条道路。五尺道从蜀南下经僰道（今四川宜宾）、朱提（今云南昭通）、味县（今云南曲靖）到滇池，由于道路宽仅五尺，故称"五尺道"。

石刻基座右侧是味县简介——公元前 109 年，汉武帝派兵打败了盘江流域的"劳浸、靡莫"部族，滇国归顺了汉王朝，在今曲靖经济技术开发区翠峰街道办事处三岔设置味县，隶属于益州郡。公元 225 年，诸葛亮亲率大军南征，三军会师味县，废益州郡设建宁郡，味县至此成为全滇及川南、黔西部分地区的政治、经济、文化中心。西晋时期，分建宁、云南、永昌、兴古四郡，设宁州，味县为宁州和建宁郡治。北周时期，味县为南宁州和建宁郡治。隋开皇三年，废建宁郡，存南宁州，并设总管府，味县为南宁州总管府治所。

我站在瑞和公园石刻前，逐篇逐句逐字品味着繁简结合的中华文字，目睹了县的变迁。此时此刻的我，就站在味县的原址上，仿佛闻到了千古文化的馨香，仿佛自己正行走在五尺道上，古时曲靖味县的繁荣景象和硝烟战火仿佛触手可及。

随着时代变迁，如今的味县已发展为一个拥有 600 多万人口的中等城市，味县原址也已变为国家级经济技术开发区的瑞和公园。当下虽是初秋时节，但这里仍然山清水秀，小桥流水，绿树成荫，游人众多。各种健身设备器材应有尽有，我也饶有兴趣地玩起了儿时最爱的跷跷板。

瑞和公园依河而建，小河从园内流淌而过，风景秀丽，景色迷人。厚重的古代文化与现代文明交融，让每位游客常游不厌。这里印刻着古代文明与历史，堪称鲜活的历史教科书，也是现代法治建设的主题阵地。虽然古老味县的遗址不复存在了，但它的根和历史印记还在。

我们要不忘初心，铭记历史，不忘来时路，传承文化。真心希望每一位滇东人永远记住瑞和公园，养护好这里的一草一木和千年味县的每一寸芬芳土地。

寥廓公园赏美景

夏日清晨，天空挂云，气候温和，正是户外健身、赏花赏景的大好时节。早早起床，步行穿过车水马龙、喧嚣繁华的城市街区，来到云南曲靖南部离城最近、市民耳熟能详的森林公园——寥廓公园走路健身，放飞心情。

寥廓公园，市民也叫它寥廓山，原名妙高山。最高海拔两千多米，因其主峰高于周围其他山峰，谓"群山之长"。公元 1381 年，明军为纪念白石江战役胜利，将此山改名为胜峰。它与南部青峰、西部翠峰合称为"三峰耸翠"，为古南宁八景之一。若登临山巅鸟瞰，可将曲靖城市风光尽收眼底，故后人以谐音取高远空旷之意，定山名为寥廓。寥廓公园依寥廓山而建，始建于1973年，1980年建成开放。景区呈东西走向，分为寥廓公园园区、风景林区和河滨公园园区三部分，总面积 300 多公顷。公园因独特的区位优势、优美的自然环境以及人文景观，现已成为曲靖城市天然的绿色屏障，被誉为天然氧吧。

寥廓公园园区主要景点有动物园、徐霞客雕塑、爨乡竹廊、胜峰亭、怀贤亭、鹿鸣岛、二爨之乡壁雕、竹林七贤、枫林台、飞花林等。风景林区以自然山林和森林植被为主体，植被资源丰富，以云南松、麻栗树、云南油杉、华山松、黑荆树（圣诞树）、罗汉松居多，主要景点有烈士纪念碑、靖宁宝塔、人行栈道、观景平台和山地健康步道。河滨公园位于寥廓山东南面，主要景观有阿诗玛雕塑、摩崖飞瀑、九龙湖、风车屋、红枫林、竹林等。园区植物有近200个品种，四季景观各有特色。

沿着公园内两车道的柏油主路向着最高处行进。道路两旁的金菊花、紫薇花、绣球花、紫茄花姹紫嫣红。越往上走，森林越茂密，仿佛来到深山老林，鸟叫声、蝉鸣声相互交替，还有游客们的欢声笑语、凉亭里优美动听的萨克斯曲等，在整个峡谷荡漾。山顶不远处，千步石台阶直通靖宁宝塔处，举头仰望，威武雄壮的靖宁宝塔近在眼前，高耸入云的宝塔就是公园的最高点。此时此刻，身体虽有些疲惫，但心里欢喜，我终于到达山顶，小跑着冲向宝塔。

今天巧遇宝塔开门迎客。我来过几次，但没机会进入塔内参观，更没上过塔顶，今天是第一次有幸进入参观。将十元门票从功德箱缝口投入，在保安的引导下自行参观。宝塔内安装着一部直达八层的电梯，下了电梯再顺楼道来到最高的九层。这层是佛堂，供奉着很多佛像，可以磕头叩拜，但不能烧香。塔内每层都有古香古色的木门，木门外还有一米多高的木质围栏，为了游客安全，门是锁着的，但上半部分全是玻璃，透过玻璃能看到曲靖城区全貌，九层北门处设有一台高清望远镜和木楼梯供游客投币观景。

站在此处，自己仿佛身在云端，睁大眼睛眺望远方，蓝天白云下的曲靖城真是美丽无比，幢幢高楼林立，错落有致，特别是中心城区的雄业京都（218广场）清晰可见，不愧是曲靖第一高楼；壮美的南城门、麒麟花园的麒麟仙子雕塑、大花桥公园的七彩流云雕塑、白石江公园和梦幻大世界游乐园的大摩天轮，极为壮观；城中的公园、湖泊、河流、宽阔街道、立交桥和脚下的绿色森林等尽收眼底。这是一幅山水园林画，我情不自禁地拿出手机拍下精美照片。从宝塔九层往下逐层参观，第九层和第八层是佛堂，第七层和第六层是鼓浪屿名师绘画展和佛像图及五百罗汉图，第五层、第四层是曲靖摄影家协会世界风光摄影展，第三层是曲靖民族画院画展，第二层是曲靖老照片回顾展，第一层是曲靖各县市（区）风光摄影和奇石展。参观完靖宁宝塔，我惊叹不已，此塔真是一座聚宝塔！

休息片刻后，我沿着下山步行栈道漫步欣赏密林，观景台处，大人小孩成群结队嬉戏喧闹，开心快乐地游玩。整个寥廓公园内设施设备齐全，三大园区相通相连，道路宽阔平整，林间石台阶道路完好。游览标示牌、凉亭和座椅、垃圾桶、公共卫生间、洗手自饮台、儿童娱乐设施等布局设置科学合理。据说，节假日和周末到公园走路健身、休闲游览的市民很多。这里风景迷人，环境优美，自然风光好，历史文化底蕴深厚，也算是一个主题文化公园。因时间关系，我仅游览和欣赏了几处重点景观，争取下次再来。

短暂的游览不仅让我领略了公园的原始森林风貌，更让我有幸参观靖宁宝塔并登上塔顶，我备感自豪。我发自内心地感悟道："寥廓公园真是美，不枉此行心陶醉；有幸登上靖宁塔，曲靖美景全留下。珠江源头第一城，迅猛发展万事顺；滇东曲靖是我家，文明城市美名拿。好在曲靖宜居城，风调雨顺在前行；美丽中国小康梦，不忘初心赞歌诵。"祝福伟大祖国繁荣昌盛，曲靖人民幸福安康！

（寥廓公园）

（寥廓公园里的靖宁宝塔）

美丽的大花桥公园

说起大花桥这个地名，只要是曲靖人都知道。大花桥一直都是曲靖城的一座标志性建筑，十几年前高大的铁路桥成为曲靖城的西城门，里面是市区，外面是郊区。如今，随着社会经济的快速发展，耳熟能详的旧大花桥早已拆除，取而代之的是新的成昆铁路桥。铁路桥旁边还新建了一个公园，取名"大花桥公园"。

大花桥公园虽然占地只有百余亩，但风景秀丽。夏日清晨，我来到大花桥公园转了一圈。公园周围交通便利，没有专门的进出大门，是个开放式的山水园林公园。公园建在一个小山坡上，前低后高，正中有一条石板路直通园顶最高处，还有 200 多级台阶。站在最高处，感觉还没有新的铁路桥高，但高低落差估计也有十多米。道路两旁栽种着滇朴、玉兰、雪松、桂花、香樟、紫薇、蜡梅等上百种名贵花草树木，每隔几十米就建有几个休息凉亭和石凳座椅，方便游客休息纳凉。

来到公园最高处，还碰到一个 60 多岁的大爷，正在用小音箱和耳麦唱歌，看上去很自信，唱的都是《我们的生活充满阳光》《小城故事》之类的老歌，声音不怎么大，但很悦耳动听。公园一块圆形小广场上，也有六七个中年男女正吹奏着大号和萨克斯，吹的多数也是红歌，声音洪亮动听，几百米外就能听到。50 米外的凉亭里挤满了三四十个六七十岁的男女，手里拿着歌词正在练合唱，有打拍子的，有领唱的，有吹笛子的，还有拉手风琴的，人人脸上都露出甜美的笑容。其他角落还有健身练腿和带着小孩玩耍的。游客很多，清晨的大花桥公园真是热闹。

公园最低处有一个 300 多平方米的荷花塘，塘水清澈见底，荷叶青绿浮水面，一股清澈的流水从东向西流入荷塘，流水虽然不大，但哗哗的流水声清脆悦耳。有时还能听到蛙声、鸟叫声和蝉鸣声。公园草坪中，有序地竖立着一些刻有"仁""义""礼""自""信""孝"等字的石刻；多处设有步行指示、爱护花草树木、文明用语等标示牌，还有干净的公厕、垃圾桶以及职工驿站、雷锋志愿服务岗亭。整个公园设备设施齐全，干净整洁，让人感到心情舒畅。

大花桥公园地处曲靖中心城区，公园虽然不大，但早晚到此休闲、散步、纳凉、娱乐的市民很多。这里山水相依，树木成林，鸟语花香，小桥流水，蛙声伴唱，荷塘清澈，歌声常在，文化氛围浓厚。这里是人与自然和谐相处的真实体现，也是广大曲靖市民幸福生活的真实写照。大花桥公园的美是真实的美，是现实社会幸福生活的美！

大花桥公园边上有一个环岛，环岛中的雕塑"滴水三江，彩云之南"造型别致，高达28米，三根金属银色立柱上面的部分似祥云、如火把，周围喷泉围绕，是曲靖的新地标名片。新的大花桥紧靠公园而建，大桥承载着贵昆铁路上呼啸而过的列车。公园口的城区道路车水马龙，热闹非凡。站在公园最高处，眺望远方，座座高楼尽收眼底。

来到大花桥公园，你能看到铁路桥上飞驰的列车，能看到美丽的花园城市，能看到全国宜居城市和文明城市曲靖的美丽及未来。

（大花桥公园一角）

（大花桥公园旁边环岛中的雕塑"滴水三江，彩云之南"）

樱花绽放美，游客赏花来

三月的春风伴着温暖阳光吹遍滇东大地。我的家乡云南马龙迎来了"赏樱花，品美食"活动。县城郊外的沈家山森林公园有一个叫作樱花谷的地方，千亩樱花在灿烂阳光下怒放，艳丽夺目，吸引着四面八方的游客前来拍照。

为配合"赏樱花，品美食"活动的开展，沈家山山脚的龙溪路上还有一条美食街和临时设置的小商品展销区及车展区，以便让广大游客观赏完樱花后还可以顺路品尝马龙当地美食、逛逛车展和采购马龙土特产品。

近期的马龙沈家山森林公园，特别是樱花谷，满山遍野樱花开，整个山谷遍地彩，姹紫嫣红引人来。这里已成为来自昆明、曲靖等地游客休闲、旅游、赏花、购物的最佳选择，更成为广大市民及游客的网红打卡地，甚至还上了本地热搜。

樱花谷最初并没有樱花，也不叫樱花谷，只是沈家山森林公园的一部分。随着乡村旅游的发展和"森林马龙"的建设，马龙区委区政府历经七八年，在公园山顶及峡谷处规划栽种了千余亩樱花树。每年阳春三月，樱花盛开。这片美景吸引着当地市民和无数游客前来观赏，此地也因此得名"樱花谷"。

三月第一个周末，我饶有兴趣地陪家人来到樱花谷赏花游玩。刚到山脚，几个停车场和路边就停满了几百辆小轿车和十几辆大巴，想在樱花谷入口附近找个停车的地方很难，只能在一公里外找地方停车。

从南北两处入口均可沿着山间步道上山，进入樱花谷。上下山的路上，游客众多，一波接着一波，像赶集一样。

樱花谷顶半坡处是最热闹的地方。这里的樱花足有四五百亩，开得最盛，蜜蜂飞舞，翠鸟登枝。每棵樱花树下都挤满赏花拍照的人群。

小道两旁草地上也坐满了大人、小孩，有人群分散在樱花树下，跟着欢快的歌曲，跳着各种舞蹈，还有古筝弹奏和杂技表演。人在花间穿梭，花儿笑脸相迎，不少游客忙着拍照、摄影、发微信朋友圈和抖音，脸上全都露出灿烂的笑容。

　　路两旁有凉拌米线、煮鸡蛋、炸洋芋、火腿肠、水果、矿泉水和各种儿童玩具叫卖，还有几个装扮成西游记里的悟空、唐僧、八戒、沙僧、牛魔王的人，专门跟游客合影。成千上万的游人都是为了樱花谷的烂漫樱花而来。真是樱花满天飞，歌声响彻樱花谷，美丽的樱花谷热闹非凡，春意盎然。赏樱花活动这几天，每天的游客至少有两三万人，可以说是人山人海。樱花烂漫山谷间，美丽马龙惹人爱。

　　樱花谷的一日游真让我感到惊讶，怎么会有这么多人喜欢樱花啊？！应该是春暖花开，美丽壮观的樱花谷吸引着大家前来观赏吧。

　　离开喧嚣的城市，走进花的世界、享受鲜花的芳香是每个人都向往的生活。衷心祝愿我们的生活每天都充满阳光，像樱花一样绽放光彩！

（作者在樱花谷留影）

寥廓公园年味浓

牛年春节期间，曲靖阳光明媚，风和日丽，白云朵朵。曲靖麒麟城区的各大公园景区花团锦簇，张灯结彩，浓浓的年味让人心生喜悦。

我陪家人来到曲靖最大的寥廓山公园游玩。进入园内，成千上万的游人吸引着我的目光，人们身穿鲜艳靓丽的节日盛装，在一片片草坪上、广场上、休闲座椅上，摆着各种优美姿势拍照。

可以说，公园的每个角落都挤满了大人、小孩，特别是儿童游乐园的旋转木马、小火车处，家长们领着小孩排队轮流玩。炸洋芋、爆米花、冰糖葫芦、凉拌米线、卷粉、腌制酸萝卜、烤豆腐、烤香肠等小吃和彩色气球、儿童玩具等应有尽有。树上、房檐上、路灯上都挂满了大红灯笼。小女孩叫喊着对妈妈说："妈妈！我要骑那个漂亮的小马和坐那个小鸭子。"小男孩拽着爸爸说："爸爸！我要坐小火车。"父母们都说："好的，只要你高兴，想坐啥就坐啥。那我们就赶紧去排队买票吧！"

接着，我们又来到原来的猴山处想看猴子，这才发现没有猴子。听说原来的动物园已搬迁到公园南边，还重修了一条柏油小道直通动物园，小道上有红色路标箭头。新的动物园我也没去过，很想去探个究竟。于是，我跟随上山的队伍按路标箭头往前赶，约20分钟就到了动物园门口售票处，微信扫码购买了门票，进入参观。

动物园饲养着各种野生动物，有猴子、长臂猿、豪猪、梅花鹿、狼、狮子、东北虎、孟加拉虎、白虎、黑熊、骆驼、毛驴、马、八斤鼠、野兔等，还有鹦鹉、八哥、秃鹫、孔雀、鹅、野鸡、蟒蛇等。最引人注目的是长臂猿，它们叫声洪亮，吼声响彻山谷。有一只黑熊，长得又呆又萌，好像得了多动症一样，老是走动转圈，一直没见它休息过。孔雀园也很有趣，游客可以购买玉米入园，近距离投喂孔雀。每种动物都用防爆玻璃或铁丝网圈隔着，安全防护做得很好。观赏的人群络绎不绝，小孩更是快乐无比。

　　春节期间的寥廓山公园环境优美，绿树成荫，鸟语花香，树上和草丛中的音箱整天放着欢度春节的歌曲，整个公园充满了欢快的过年气氛。

　　在此，衷心祝愿广大市民牛年春节快乐！牛气冲天，吉祥如意！祝美丽曲靖牛年强劲，跨越发展！祝伟大的祖国欣欣向荣，繁荣昌盛！

（作者在寥廓公园留影）

山谷间的小水库

几天前，我跟随朋友驱车来到距云南马龙县城 45 公里处的曲靖市马龙区马鸣乡永胜村委会，查看烤烟抗旱移栽情况。刚到永胜村村口处，就看到百米外的烟田里有一家四口人正在忙着栽种烤烟。

田边小水沟里流淌着一股清澈的泉水，一台小型抽水机正在隆隆作响，几十米长的塑料管将流淌的水引入田间，灌溉烟苗。抬头顺沟望去，五六十米处有一道堤坝。走进田间栽烟地块，发现原来是该村的戴村长一家正在栽种自家的烤烟。他是一名烤烟科技员，跟我算是同行。

三年前，我在永胜村委会驻村，当过一年的扶贫干部，戴村长跟我已经是老熟人了。他发现我们走近他，也认出了我。他急忙停下手里的农活，满脸笑容地说道："陈委员，原来是你们！几年没见，检查工作来啦！"我回答道："戴村长，我们是来看看你们抗旱栽烟的情况，顺便也了解一下你们村里的春耕生产和用水状况。"

因为跟戴村长是老朋友、老熟人，虽然长时间没见，但一见面就聊得很开心。我也直接问他："你们村几百亩烤烟，看到墒子理好，塘也打好，栽种节令也到了，怎么栽烟的人却很少，这片烟田今天只有你家在栽？"

戴村长回答道："今年太旱啦！天也不下雨，上面这个大坝箐水库蓄水也不太多，只能先保村民生活用水，后保生产用水。这不，今天刚放了点水，我是村长要带头栽烟，不然节令过了，栽上也不行，没水保苗，你们可以去水库上看看，你驻村时应该也到过这个水库。"我跟戴村长说："是呢！你们做得很好，就是要牢固树立抗大旱、抗长旱的思想，先保村民生活用水，春耕生产也不能误。"跟村长话别后，不一会儿，我们就来到了水库上。

当我们来到大坝箐水库堤坝上时，一片山水美景映入眼帘。整个小水库被群山环抱，水库边上森林茂密，翠绿养眼，山清水秀，浩瀚的蓝天倒映在水面。水库里的水清澈得像玻璃一样透明，肉眼可以看到浅水处的水草和石头，真是一幅山水画！

因水库建在一个峡谷间，周围山高树密，植被保护完好，风微微吹向水面，只见微波荡起，站在堤坝上，春风拂面，很是凉爽。突然想起来，三年前我是来过这里的，但感觉没有这么美丽壮观。也许是水库里的水比前几年少了太多，或者是时间有点久了，或者是今年太干旱，见到这种画面太少的缘故吧！

此时此刻，我心旷神怡，激动万分，仿佛来到了人间仙境一般。我和同行的肖老师情不自禁地拿起手里的相机和手机，将眼前的山水美景记录下来。天气有些热，我慢慢走到水边，双手紧缩，掬起一捧水喝下，真是甘甜可口，比商店里卖的矿泉水还要香甜，这才是真正的天然矿泉水。

水库堤坝上还插着一块显眼的曲靖市马龙区河长公示牌，牌上标注着大坝箐水库示意图、水库名称、径流面积、总库容、乡级和村级河长、河长职责、水库编号及监督人电话。这座水库算是一座小型水库，径流面积只有16平方千米，总库容只有25万立方米。

据悉，坐落于永胜村后山的这座小水库虽然有些偏僻，库尾山后就是昆明市的牛栏江镇，但这座小水库也有几十年了。它是整个村庄六七百人的生活生产唯一用水来源，世代永胜人民都靠这座水库生活，听说从未见它彻底干枯过。近几年来，由于河长制的建立和"森林马龙"的建设，这座山谷间的小水库在管理维护方面更是严管严控，因此才有了现在的样子。

这座深藏于山谷间的大坝箐水库，外地人很少知道，但来到这里的人都会被它优美的水质和景色迷倒。真是山间水库景色美，如诗如画让人醉。水质优良清甜香，喝上一口心敞亮。它是人间幸福水，永胜人民幸福催。水利资源倍珍惜，节约用水好福气。

在此，真心希望永胜人民世代爱护好这座山间小水库，让它永远给当地百姓带来幸福和安康。水是生命之源，应倡导节约用水，用好每一滴水。水是大自然恩赐给人类的宝贵财富，要充分利用、合理调配、用心保护，让水资源给我们人类带来福祉。

山谷里的秀美村庄

滇东西部有一个叫作小密得的秀美村庄。该村坐落于云南省曲靖市马龙区马鸣乡咨卡村委会，是一个彝汉混居的小村寨。村里现有农户 52 户，人口 188 人。这里的海拔只有一千多米，是马龙海拔最低的地方，属典型的偏远山区，离马龙县城 50 余公里，距宜良九乡风景区 15 公里。这里堪称藏在大山深处的"江南水乡"。

八月末的一天，天气晴朗，我们乘车从马龙县城一路向南来到马鸣乡，又沿着弯曲稍窄的柏油乡道，越过一座座大山，穿过好几个村寨，才到达小密得村对面的山顶处。从山顶下到小密得村有一公里左右路程，但站在山巅向下眺望，一幅山水美景映入眼帘。村庄呈琵琶状，安静地处于群山环抱中，四周均为农田。小桥流水，轻雾笼罩，四野空旷，通往村里的水泥道路两旁栽种着大片烤烟和果树。来到村里，村庄的美景更是让人欣喜若狂，仿佛来到世外桃源，真是太美了！山中有水，水中有景，景中有桥，桥连村中。池中荷花，有的含苞待放，有的艳丽怒放，蜂蝶飞舞花芯驻，荷叶撑伞立水中。荷花塘中的小木船可从石桥孔中穿梭，石桥上还有成群的牛羊悠哉而过，村庄周围、荷塘周边的羊肠小道绿树成荫。这里真是上天赐予人类的一个巨大的天然盆景。

村庄石桥旁竖立着一块村庄简介石刻。2016 年，该村以打造"荡舟水乡、采摘垂钓、醉在彝家、四季欢歌"的乡村旅游目的地为重点，整合资金 1000 余万元，实现了小密得民族特色旅游村寨建设项目，完成了人工湖、石拱桥、出村道路、环湖游道等项目建设。同时，成立了马龙县马鸣乡小密得乡村旅游专业合作社。在合作社的引领下，全村种植荷花 80 余亩，猕猴桃 300 余亩，养殖生态鱼 20 余吨，购买了三艘乌篷船，乡村旅游景观初现雏形。小密得美丽乡村建设项目共投入一事一议财政奖补资金 600 万元，整合资金 1291 万元，村民自筹一万元，以劳折资 18 万元，合计 1910 万元；硬化道路 6900 米，建桥涵一座，村活动室 340 平方米，广场 6667 平方米，人工湖 13 万平方米，路灯 50 盏，垃圾房、公厕各两个，污水管 200 米，污水处理池一个。村庄旅游设施齐全完备。

小密得村是深藏于山谷里的秀美村庄。该村以种植业和养殖业为基础，依托独特的山形地貌、水资源及强大的民俗、生态优势，建设民族特色旅游村。以山水为核心，突出"水元素"，做活"水文章"，整体规划让村庄成为小岛的独特景观。离开喧嚣的城市，来到秀美的山间小密得村，赏花赏景，划船戏水，品尝彝家泡缸酒，让人静心养神，心情愉悦。特别是夏秋季节，山峦叠翠，湖水清澈，荷花绽放，垂钓荡舟，休闲娱乐，吃食野菌，喝杯美酒，爽到心底。这里的人淳朴心善，热情好客，来到这里会让人有一种不想离开的感觉。在这里，你会感到很安静，安静得只能听到鸟叫声、蛙声、蝉鸣声和流水声，白天也能听到山羊的"咩咩"声和犬吠声。每逢节假日，到此旅游观光、休闲娱乐的外地游客很多，这里真是乡村旅游的好地方。

小密得村让人依依不舍、流连忘返。离开时我感叹道："深山之处小密得，山水相依好景色；彝汉混居人淳朴，勤劳致富小康路。世外桃源小岛村，如诗如画动人心；美丽村庄藏山谷，乡村旅游发展路。美丽乡村美丽梦，美好生活赞歌颂；不枉此行山谷村，民俗乡情留我心。"祝福秀丽的小密得村天更蓝、山更绿、水更清、花更美；勤劳的人民永远过着美好的幸福生活！

（山谷里的秀美村庄）

第八辑　　生活杂记

点滴爱心，温暖童心

近日，马龙区马鸣乡永胜村委会永胜小学迎来了曲靖"爱在珠江源十一中队"公益活动组织的两位爱心人士代表，他们跟校长陈红彬亲切沟通交流，仔细了解学校教师和在校学生的工作、生活及学习等情况。

永胜小学距马龙城区约50公里，坐落在永胜自然村，通校道路是近年来刚修缮好的水泥路面，路面虽然有点狭窄，但还算好走。学校四周群山环抱，山清水秀。校园依山而建，教学楼和宿舍楼紧靠大山，门口挂着一块闪闪发光的"马龙区永胜小学"校牌。进入校门，映入眼帘的是一幢三层高的教学楼，正上方镶嵌着"明德小学"四个醒目大字。学校环境优美，干净整洁，与昆明市的嵩明县牛栏江镇接壤，是一所典型的贫困山区边远小学。听小学陈校长介绍说，该校现有教师十人，其中男教师五名，女教师五名，教师们都是家在外地，夫妻分居，深入大山在该校从教十多年以上。学校吸纳永胜村委会所辖的11个村民小组的学生就读。现有在校学生48名，而且都是住校生。以前最多时有学生200多名，两年前有学生78名，从学前班到六年级，共有七个班级。去年六年级合并到乡政府所在地的马鸣小学了。现在只有五个班级，48名学生，其中有八名贫困户苗族学生和一名残疾学生，教师人数没变化。有一名窑山村姓张的四年级苗族女生，眉清目秀，听话可爱，学习上进，但家境不是太好。还有一名姓蒋的一年级汉族男生，身有残疾，走路有点不方便，特别是上下楼梯很困难。

"爱在珠江源十一中队"公益活动组织的两名爱心人士代表在认真听了校长详细的情况介绍后，立刻请陈校长安排这九名特殊学生课间休息时与他们见上一面。这九名学生在老师的带领下排队来到校会议室，进门就叫："叔叔们好！"一看这九名学生就是很听话、好学上进的好学生，个个聪慧敏锐，只是衣着有点单薄，还有些胆小害羞。两位爱心人士分别询问了他们的家庭、学习等情况，并叫身有残疾的男生起身走走看看，他很阳光，时刻面带微笑，给人感觉很自信。

看到这一幕，两位爱心人士对学生们说："听老师们说，你们都是成绩优秀、听话、好学上进的好学生，只是家庭有些困难，今天我们来给你们发点奖学金，主要是鼓励你们好好学习，带头讲卫生、守纪律，爱集体，做个父母疼爱、老师喜欢的孩子，长大做个有出息的人，将来为国家做贡献。"孩子们鞠躬说道："谢谢叔叔和老师们的关心！我们一定好好学习，绝不辜负叔叔和老师们的希望。"接着，两位爱心人士代表"爱在珠江源十一中队"给九名学生发放了奖学金，根据每个学生家庭、身体等情况，多的 500 元，少的 100 元。虽然钱不多，但体现了对困难学生的关爱与鼓励。校长也代表学校对"爱在珠江源十一中队"表示感谢！

"爱在珠江源十一中队"公益组织是个民间自发从事公益活动献爱心的组织，现有会员近百人，都是来自全国各地、各行各业、热爱公益事业的爱心人士，他们中的多数人坚持常年每月捐款，有的每次几十元，有的几百元；有的家境也不算太好，每月只有 1000 多元的收入，年龄从 30 多岁到 60 多岁。捐款不多，但爱心满满，他们都有一颗善良的心。该组织虽是民间组织，但组织机构健全，管理规范透明，资金使用合法，监督制约到位，也有相关部门的审批手续。每年的公益活动都有计划、方案和重点。今年的重点是关心关爱老弱病残、孤寡老人、成绩优秀且身有残疾的中小学生。

在此，我们要真诚感谢"爱在珠江源十一中队"公益组织，感谢他们的爱心善举，感谢他们每一个人！当今社会，我们正需要这样的组织。从点滴爱心和小小善举可以看出人间大爱和真情。祝"爱在珠江源十一中队"公益组织越走越远，继续将爱洒满人间！

特殊的六一儿童节

今年的六一儿童节恰逢双休日，我受好友的特别邀请，有幸参加了同城聚户外运动群的健康、快乐、阳光你我同行——返老还童活动。本来我有点不想参加，觉得熟悉的人很少，但听好友详细介绍了本次活动的相关内容后，光从活动主题就可以看出来，活动一定是健康、快乐、阳光的。

当我正在犹豫时，朋友就帮我把名字给报上了，并一再跟我说："活动很有意义，内容丰富，会让你重新回到儿童时代……"于是我就决定参加这次特殊的六一儿童节活动。活动地点选得很好——一家离曲靖城区只有15公里左右、叫作李子园山庄的农家乐。

当我和朋友们驱车赶到活动地点——李子园山庄时，映入眼帘的是挂满枝头的熟透的李子、爬满葡萄架的串串葡萄、苹果树、梨树、桃子树等，还有一个鱼塘，山庄附近全是瓜果蔬菜地，风景宜人，真是世外桃源。一下车大家就欣喜若狂、激动万分，纷纷拿出手机忙着拍照，同时顺手摘下树上的果实尝鲜。我也随手摘下一颗李子放入口中，吃起来真是甜蜜蜜的，很爽口。大家异口同声赞叹道："好吃，好吃！真甜！这么多李子树啊！难怪会叫李子园山庄。"

接着听组织者说，今天本来计划40人参加，最后报名参加的刚好80人——整整翻了一倍，都是来自曲靖市不同单位、不同行业的朋友，年纪大的60多岁，年纪小的30多岁，个个都很活跃。这说明人人都有一颗向往健康快乐之心。每位到场的人首先领取一条红领巾挂在自己脖子上，当系上鲜艳的红领巾时，我们自己仿佛真的变成少先队员了。大家都喜笑颜开，你看看我，我看看你，你帮我、我帮他打着红领巾结，大家顿时都成了熟悉的人，有一个共同的名字，叫作少先队员。

我此时此刻也想起了自己儿童时代的艰苦，转眼间已过去四五十年了，今天再当一回老少先队员，真是返老还童了。在这里要真诚感谢这次活动的组织者和策划者，更要感谢邀请我来参加这次活动的好朋友。整个山庄一直放着《共产主义儿童团团歌》。音乐响起，女同胞们就迫不及待地翩翩起舞，乐个不停，同时还挥舞着少先队队旗。

午饭后，返老还童庆"六一"活动在院内正式拉开帷幕。本次活动负责人首先做致辞，他是来自人民法院的一名中年干部。随后，四名男女主持人同时登场。第一个节目是全体人员合唱《共产主义儿童团团歌》，第二个节目是女子双人舞蹈，紧跟其后的节目有诗朗诵、男子女子独舞、独唱、集体舞蹈、个人感悟、趣味游戏，还有自由发挥的节目等。整场活动持续了两个多小时，且进行了现场摄影摄像。

活动中大家都仿佛回到了孩童时代，节目表演者激情发挥，整个活动场地变成了欢乐沸腾的海洋，欢声笑语连成一片。最后，此次活动在大家齐唱《同一首歌》中落下帷幕。本次活动让参加者赞叹不已，真诚为组织者和表演者点赞！虽然大家来自五湖四海，但从陌生到相识相知，最后还成为了兄弟姐妹。活动结束时大家依依不舍，相互拥抱，都感叹着自己是健康的使者、快乐的粉丝、阳光的信徒。

我自己也突发感叹道："今年六一真快乐，中老年人共乐呵；不分男女和老少，相互之间肝胆照；活动内容真丰富，吹拉弹唱有招数；甚至还有歌伴舞，经典朗诵深情处。红领巾系脖子上，儿童团歌都会唱；感觉回到儿童时，童年光景无他日；男女老少喜牵手，跟着音乐舞步走；大家都来忆童年，返老还童心中甜；感谢活动组织人，真诚能干大好人；健康快乐阳光人，相聚一堂欢乐多；心中有爱天地宽，阳光心态永常在；户外运动真是好，身心健康永远罩……"

最后寄语朋友们：童年虽不在，童心天天晒；青春永远驻，户外常徒步；阳光心态有，健康永长久。

庚子鼠年回眸

庚子鼠年即将过去，继往开来的牛年将要来临。在这辞旧迎新的时刻，回顾这一年，真感喜忧参半，是终生难忘的一年。

脱贫攻坚战 兑现承诺

云南省作为全国脱贫攻坚的主战场之一，跟全国一样，全省现行标准下农村贫困人口全部脱贫、88 个贫困县全部摘帽、8502 个贫困村全部出列，11 个"直过民族"和人口较少民族实现整体脱贫，我所在的曲靖市马龙区也跟全国全省全市同步脱贫出列。真心向我们伟大的祖国、伟大的中国共产党致敬，也要向奋斗在脱贫攻坚一线的党员干部和驻村扶贫队员们致敬！

创建全国文明城市喜获成功

庚子鼠年是曲靖市参加第六届全国文明城市创建活动的关键年。曲靖市自 2018 年以来，在市委市政府的正确领导下，广大市民全身心全方位地积极投入"创文"活动。2018 年市委市政府就提出"首年争先、次年定局、三年创成"目标，明确思路、方法和路径。将"创文"工作纳入"一把手"工程来抓，由市级主导，各级联动，全社会协同作战、齐抓共管。三年的"创文"活动从宣传发动、全员参与到主动作为，取得的成效历历在目。经过自主申报、省级择优推荐、上级部门审核、媒体集中公示、组织综合测评、确定入选城市等环节，曲靖市不负众望，于 2020 年 11 月 10 日入选全国文明城市名单，喜获全国地级市文明城市荣誉称号。

我作为一名曲靖市民，跟广大市民一样积极响应政府和单位的号召，主动参与各级安排的清洁家园、文明交通出行、雷锋志愿者等服务活动。通过三年的努力，城市的各项基础设施建设有了较大改善，环境卫生整洁，市容市貌焕然一新，车辆出行礼貌让人，市民素质大大提高，社会环境和谐稳定。

现在回想起来，曲靖的入选真是不容易，各级党委、政府在人力、财力、物力方面花了大力气、下了硬功夫，广大市民付出了辛勤劳动和汗水。

我们伟大的祖国在今年还有许多领域的喜事，诸如探月工程、深海工程、载人航天。

在即将送走鼠年、迎接牛年之际，祝愿我们伟大的祖国永远繁荣昌盛！

（曲靖南城门远景，2023 年 2 月 11 日拍摄）

住院随想

壬寅虎年春节收假第一天，刚上班一小时左右，我的肚子突然疼痛不止，我坐立不安，无法办公，以为是春节假期家人相聚，大鱼大肉导致的肠胃疾病，于是立即请假回家休息。

回家独自躺在沙发上，尝试各种姿势后仍疼痛不停。不争气的腹内就像哪吒闹海一样，一阵紧一阵松。我吃下几粒肠胃药，仍不见效，连续疼了七八个小时，一点食欲没有，整天都没进食。晚上七点左右，我在家人的陪伴下来到离家最近的曲靖市第二人民医院进行检查。通过CT和抽血化验检查分析，结论是阑尾炎发作的可能性很大，医生要求我住院，立即安排手术对阑尾进行切除，否则后果会更严重。

当班的医生说："阑尾切除是个小手术，从腹部打孔进行手术，也就是腹腔镜手术，一个星期左右就能痊愈出院了。但不能确保一定是阑尾炎，要进行手术才能确定。"我心想，如果是急性肠胃炎，通过检查确认后，打打消炎止痛针也许就会好了。但听到医生说要住院进行手术，我还有些犹豫和害怕。医生还说："打针可以止痛，可能也会好，但过后再发病那就必须手术才能治愈，手术与否由你自己决定，决定手术就立即安排。"我再三考虑，加之疼痛难忍，于是决定听从医生安排，住院进行手术。

晚上十点，在医生的引领下，通过三十多米长的专门通道走进手术室，手术室医生已做好各种手术准备。躺在手术台上，医生对我说，手术是全麻，术后不要乱动就行。大约过了半小时，医生叫我睁开眼睛并说手术完成了，而我只是感觉睡了一觉。推车将我送回病房平躺静养，左手正打着吊瓶输液，左肩还插着止痛仪，也许是止痛仪和麻醉的作用，全身一点疼痛感都没有。接着医生指着引流管里流出的脓液对我说："你看！阑尾都化脓了，还好切掉了，不然过几天穿孔了更严重，那时还得做。"

这次住院，我在医院一躺就是八天，从正月初七待到正月十五元宵节才出院。八天来，每天躺在病床上，只能仰望病房的天花板和头顶的输液吊瓶。特别是术后的头四五天，连续不间断输液达四十多个小时，各种药物及营养液慢慢输进我的体内，愈合着身体内外的伤口。我只能平躺不能侧睡，臀部和腰部都躺得疼痛难忍，感觉度日如年。还好有医护人员的护理和家人的昼夜陪护。医生每天早晚都来询问病情、检查伤口，护士每两三个小时来测体温、测血糖、量血压等。家人更是不合眼地轮流守候，后几天可以进流食时，更是忙前忙后，熬汤、煮粥、炖鸡蛋，让我滋补身体。这一切让我的病得到彻底的治疗，我很快恢复了健康。

这次住院，虽说是一次小手术，但对于我来说终生难忘。自我记事以来，这还是第一次生病住院，而且还动了手术。以前，自感身体很好，伤风感冒之类的小病，吃点药或挺一下就没事了。随着年龄的增长，身体的免疫力开始逐渐下降，部分身体器官也逐渐老化。就像人们常说的，人食五谷杂粮，哪有不生病的，这是自然规律和生活常态。一个人生病不怕，怕的是有病不及时就医，小病不治就会变成大病。好在我这次生病及时就医，听取医生意见及时进行了手术治疗，否则后患无穷。首先，感谢医生护士的及时救治与护理；其次，感谢我的家人昼夜陪伴，让我摆脱病痛，恢复健康。

这次住院，让我看到了长假之后患者的增多，甚至医院都一床难求，临时病床都住满了，两人间变成三人间，三人间变成四人间，四人间变成六人间。我刚准备办出院手续，针水都还没打完，就有病人进病房焦急等候我腾床铺了。节后患者人数突增，也许是节日期间亲朋好友相聚胡吃海喝引发疾病，或许是生活起居不规律导致的。医院的胃肠科病人最多，听说其他医院也是如此。真心希望人们能科学饮食，早睡早起，加强锻炼，作息规律；有病及时就医，让病痛远离，健康地生活工作。

这次住院，让我感受到了医疗技术的先进，更让我体会到广大医务工作者的辛苦工作与和善仁爱、白衣天使的崇高与伟大，他们才是值得尊敬和敬佩的人。在此，衷心祝愿每一位医务工作者工作顺利、身体健康！祝天下所有的人远离疾病，永远幸福安康！

虎年春节这样过

春节年年有，人人过春节；虎年春节不一样，龙腾虎跃心欢畅。今年是壬寅虎年，春节还降下了一场大雪——雪花飘落兆丰年，天气寒冷心里暖。我的虎年春节跟往年不一样，可以说过出了精彩，过出了情感，过出了感动，过出了欢笑。

多年来，我家都是三四个人相聚过节，今年又多了一个侄子，共有五人一起过年，算是最为热闹的一个春节了。我的大舅哥因病住院，医生要求必须有直系亲属住在医院附近，若有情况必须及时赶到，而且每天早上八点三十分都要到医院了解病情发展变化情况。因我家住的小区离医院最近，约20分钟就能步行到医院，为了方便，大舅哥的儿子不得不跟妻儿和母亲、姐姐们分开过节。在我们的热情邀请下，侄子就来到了我家，跟我们一起过春节，也让今年的春节比往年增添了更多的欢笑和乐趣。

除夕当天，全家老少齐上阵，分工协作，忙里忙外，准备丰盛的年夜饭，迎接新年钟声的敲响。打扫卫生、准备食材、蒸煮烧炒、张贴门画……全家人忙得不亦乐乎，露出幸福灿烂的笑容。忙碌了一整天，足足准备了香甜可口的十六道菜肴，鸡鸭鱼肉应有尽有。饭桌上，大家推杯畅饮，一边品尝饭菜，一边回味着一年的收获与喜悦，回顾过往，憧憬未来。一家人相互祝福，谈笑风生，展望未来，其乐融融。年夜饭后，一家人围坐电视机旁，观看春节联欢晚会。新年钟声敲响时，一家人站在阳台上观看城市上空的璀璨烟花，聆听阵阵鞭炮声，体会着浓浓的年味。

大年初一这一天，天气突然变冷，气温骤降。让我惊讶的是，我还没起床，儿子就早早起床陪他表哥一起顶着蒙蒙细雨前往医院去探望他的大舅了。以往儿子的这种举动很少，因除夕夜熬夜时间长，孩子们很少早睡早起。年夜饭时，我只是顺口跟儿子说了一句，让他第二天早起陪他表哥去医院办事，没想到儿子还真记在心上，并付诸行动了，这让我感到很欣慰与自豪，说明儿子长大懂事了。当天中午，全家人还一起到万达影城看了一场春节档喜剧片《这个杀手不太冷静》，并且在外品尝了一顿美味大餐。新年第一天，一家人真是开心无比。

大年初二这一天，下了一场鹅毛大雪，而且降雪持续了一整天，城市街区、房前屋后白茫茫一片。记忆中，好多年春节期间没下过这么大的雪了，真是瑞雪兆丰年！看到我前天看了一场电影很高兴，儿子突然对我说："爸爸，是不是想看《长津湖之水门桥》？这部电影的票房很高，很好看！我们今天就陪您去看一场。"我犹豫片刻说："好啊！"儿子和他表哥争着用手机下单购票，最后还是被他表哥抢先下了单。一家人又换了一家影院看了《长津湖之水门桥》。该电影反映了中国人民志愿军在零下40多摄氏度的极寒天气下出国参战，英勇顽强抗敌，故事情节催人泪下。影片的雪景刚好跟大年初二当天的飘雪场景相呼应，一家人冒雪前往影院，又冒雪回家；天虽冷，身上也落满了雪花，但心里很暖和，也很兴奋。我既看了大片又赏了雪景，人在雪中行，雪花满天飞，此情此景真是难得。

大年初三下午，因儿子有事要返回省城昆明，儿子的表哥家中也有事。他们俩先到医院探望后，便分别踏上了自己的行程。雪仍然在下，我想留他们再在家多待几天，哪怕再看一场电影也行。但我没强留他们，孩子们都已长大成人，各有各的工作要做，各有各的事情要办，只能望着他们熟悉的背影远去，让他们开心快乐地生活吧！虎年春节家人的大团圆也暂告结束，盼望下次再相聚。

虎年春节家人相聚真是开心！对于我来说，今年这个年过得很有意义，也很特别。尽管家人团聚只有三四天时间，还遇上大雪天，但家人相见，情感交融，开心满满。在孩子们的陪伴下，我还看了两部热门大片。春节期间，全家人一起连看两场电影，对于我来说还是人生第一次，我想这种机会和场面以后会常有的。这不仅是孩子们给我们大人带来的快乐，更是孩子们敬老、孝老、爱老的真实体现。我为孩子们的健康快乐、长大懂事感到自豪！

我备感幸福与开心，更觉得今年这个年过得很有意义，发自内心地感叹道："虎年春节家人聚，开怀畅饮笑声起；丰盛年饭可口香，观影美食高大上。血浓于水情感深，相亲相爱互帮衬；虎年春节这样过，美满幸福开心乐。希望儿女有出息，工作学习顺心意；抽空回家多相聚，幸福和谐温馨喜。"

（曲靖南城门近景，2023 年 2 月 11 日拍摄）

一位抗美援朝老兵的家国情怀

今年是中国人民志愿军抗美援朝出国作战 70 周年，在全国上下隆重纪念之际，上级领导代表党组织来到单位，走访慰问我身边的一位 92 岁高龄的参战老兵，转交了他"中国人民志愿军抗美援朝出国作战 70 周年"纪念章，并发放了慰问金，赠送了鲜花。

此时此刻，我突然想起这位参战老兵就是过去跟我一起工作了近三年的生伯伯嘛！以前只是听说过，老人家已光荣离休三十多年了，因老人很低调，很少会对别人讲他的参军故事，所以他的故事我也不太清楚。老人的小女儿现在跟我是同事，我真想去见见这位可亲可敬的老人。我立即拨通他小女儿的电话，他女儿说他父亲一直都在城里生活，身体还可以。我跟他女儿约好第二天去登门拜访，好多年没见到他老人家了。我刚工作时第一个认识的人就是他，是他接待的我。

1963 年，他从部队转业分到云南省马龙县粮食局工作；1977 年，被调到县供销社工作；1984 年县烟草公司组建成立，他又到烟草公司工作，回到地方工作后担任过烟叶收购站副指导员、人事秘书股副股长。1989 年 12 月，他光荣离休。

当我来到生希柳老人家时，他和老伴早就在家等候我多时了。

一进门，两位老人就起身招呼我坐下。看到我的到来，他们满面笑容，很是高兴。因为之前他们的小女儿跟他们说过我要去看望他们。生妈妈（大家都这么叫）笑着对我说："快坐！快坐！小陈，好多年没见了，原来还住一个院子呢！"我急忙答道："是呢！生妈妈。我们搬去新公司上班好些年了，晚上都不住马龙，见面也就少啦！"两位老人看上去身体很健朗，耳聪目明，腰也不弯，尤其是生伯伯，站姿挺拔，头戴毛线遮凉帽，标准的军人站姿，只是深秋清晨，两位老人衣服穿得厚实一些。

我翻看了一下几张老照片和生伯伯参军入伍的证件资料。老人说："这么多年了，早就弄丢了，就只有这些，你看看吧！照片很少，那个年代哪有条件照相啊！"照片上的生希柳很年轻，我对两位老人说："生伯伯年轻时候真的很帅！"两位老人乐滋滋地开怀大笑。

接着，我对生希柳老人说："生伯伯，你当兵 15 年，请给我讲讲战场上的感人故事吧！"老人沉默片刻后说道："战争真的太艰苦了，吃的多数是炒面，用冷水拌着吃，吃上几口就咽不下去了。有时还有花生枯饼，要用火烤后才能吃。这些东西都是从国内运送过去的，还有干酸菜等都是干货之类的。只有战地慰问团来慰问时，才能吃到花生米、罐头。"

我问道："在战场上，你觉得最艰难的是什么？"他回答道："唉！在战地住在防空洞里，零下 40 多摄氏度，太冷了。美国的飞机天天来上空侦察扫射，飞机一来我们就小跑着进防空洞躲藏起来，有时连上厕所都不敢出洞，怕被射死、炸死。根本不知道什么时候就会把命丢掉。还有，夜间行军不能有亮光，只能摸黑前行，如果被敌机发现了就会暴露目标。白天汽车也不能行驶，每天部队运输武器和战备物资的车辆都会有几辆被敌机发现而被烧掉。"我又问道："你不害怕吗？"他理直气壮地说道："不害怕！指挥官叫卧倒就卧倒。"

我接着问道："你记忆最深刻的事是什么？"他回忆道："第二次战役，过青州江时是夜间十二点，不能脱鞋、不能出声，也是零下 40 多摄氏度，敌人也怕冷躲在碉堡里不敢出来，我们就趁机过江。哎呀，江面全部被冻起来了，车都压不垮，就是太冷了。手脚都被冻出了疱，鞋子上的泥沙冻得根本掉不下来，冻伤严重的战士只能转入后方医院治疗。我们的枪栓都拉不开，真是冷得够呛又危险。"

由于时间关系，加之生希柳老人年纪太大，不能耽误他太多休息时间，我最后问了他老人家一个问题："生伯伯，你参军十多年，现在有什么感想？"他感叹道："我是福大命大，没有受过什么重伤，也没有战死在战场上，能活到现在这把岁数，是我的幸运！"生妈妈插话道："我的二哥叫作代慰宗，跟老头子同岁，也是跟他一年的兵，就战死了。"

通过这次对抗美援朝老兵生希柳老人的拜访，我才深知老人家的一生不仅是伟大光荣的一生，更是传奇的一生。一个穷苦孩子入伍 15 年，南征北战。他是一名优秀军人，枪林弹雨，戎马一生。他才是最可爱的人。

从部队转业回地方工作后，他兢兢业业，任劳任怨，踏实认真工作，一直保持着军人的气质。说到他的家庭，他和老伴相濡以沫、勤俭持家，教子有方，恩爱白头。四个儿女，两个是医生，两个是烟草企业干部。现在一大家子人很是幸福快乐！多年来，生希柳老人每天坚持走路健身，每天坚持吃一个苹果、清淡饮食，看书、看报、看新闻，生活起居也很规律。老两口身体状况良好。在我的印象中，他老人家一直都戴着一副眼镜，应该是年纪大了，眼睛老花了。

每年逢年过节，组织上都会登门拜访慰问他老人家。他不怕牺牲的精神令我们敬仰和钦佩。我们今天的幸福生活是他们这代人用血与泪换来的，他是我们学习的好榜样！我们要不忘初心、牢记使命，铭记历史，将他们的英雄事迹和精神发扬光大，为祖国的建设发展做出贡献。

在此，衷心祝愿生希柳老人健康长寿！祝愿他和家人幸福安康！祝愿祖国的明天更加美好！

龙潭市井步行街开街啦

今天是"五一"国际劳动节,恰逢放假休息。早晨八点,我来到离家最近的曲靖市麒麟区龙潭公园走路健身。刚走了几圈,大约九点钟,突然听到鞭炮声和音乐声在公园附近响起,我顺着响声的方向急忙赶去,想探个究竟。

原来是公园旁边的龙潭市井步行街开街啦!龙潭市井步行街跟龙潭公园只有一墙之隔,公园正大门右边就是步行街入口。距离入口约 50 米处矗立着一块巨大的鲜红宣传牌,上面写着"龙潭市井盛大开街"八个醒目大字,吸引着广大市民的眼球。顺着红色步道来到步行街入口处,一个充气红色大拱门和两个大红灯笼垂挂着布标,在水泥地面高高升起。拱门上写着"龙潭市井开街盛典"几个金黄大字,灯笼上写着"南亚东南亚商品,美食文化步行街"。

进入大门,左边是龙潭市井,右边是步行街区。步行街上静停着一列长五六十米的"开往美好幸福生活"的彩色铁制列车,大人们领着充满好奇心的小孩在列车上玩耍拍照。街区中央位置搭起一个舞台,欢快的歌声伴随着优美舞蹈,原来是正在进行开街庆典活动。整个步行街区聚集了足有上千人,热闹非凡。各种国内外商品展示叫卖,各种美食小吃、特色产品等应有尽有,各种抽奖活动的台子前面排满了长队。

步行街道干净整洁,宽敞明亮。商铺门面统一招牌字体,角落处休闲座椅摆放整齐,并且坐满了大人小孩。采买东西的市民一边观赏庆典节目,一边采购所需商品,嘴里吃着香甜可口的食物,脸上露出灿烂幸福的笑容。熙熙攘攘的步行街上,来往人群众多,只见人们大背小抱,满载而归。

好多人忙着照相和拍摄视频,晒微信朋友圈和发抖音,将这个喜庆的开街活动及时分享给家人和朋友。我被热闹的龙潭市井步行街开街活动吸引,也选购了好多美食带回家跟家人分享。

这条龙潭市井步行街有三四百米长,街道两旁有上百家商铺,还有一幢五层高的综合商业楼，地下两层：一层是停车区，可容纳一百余辆车；二层是鲜果蔬菜食品销售区，鸡鸭鱼肉、新鲜蔬菜、水果及酒水等在此售卖，足有 200 个摊位、铺面，各种生食熟食应有尽有。地上三层有各种特色连锁小吃店、服装店、字画店、金银首饰店等。龙潭市井综合商业楼和步行街区地处曲靖麒麟城中心位置，装修古朴大方，造型优美。此处已成为当下曲靖城区最美的风景线和市民网红打卡地。

龙潭市井步行街的开街让曲靖市民又多了一个休闲、购物、娱乐、品美食的好地方。人们在休闲、娱乐、采购、品美食的同时，可以进入山水相依、风景秀丽的龙潭公园赏花赏景。这里真是一个适合居住的好地方。

追寻红色基因，传承长征精神

"夏日暴阳洒大地，党旗飘展红土地；党员徽章胸前戴，红军故事追寻来；红军长征过马龙，革命星火永传颂。"八十六年前，红军长征经过云南曲靖马龙县，将革命的火种和足迹永远留在了这片红土地上。

今年，是中国共产党建党 100 周年。云南曲靖马龙区烟草专卖局旧县烟站党支部八名共产党员高举鲜红的党旗，在旧县街道原文化站站长高玉昌的引领和讲解下，追忆红军长征过马龙旧县的故事，重走旧县辖区红军长征路，缅怀革命先烈，踏行红色足迹，弘扬和传承长征精神。此次活动让支部党员党史学习入心入脑，使长征精神激励每位党员，牢记历史，不忘初心，永远跟党走；砥砺奋进，勇于担当做奉献。

旧县烟站党支部八名党员在党旗的指引下，从旧县街道红桥村口出发，沿着红军长征走过的路线，途经狮子口、照和村、良家田村，进入至今保存完好的古驿道，往返 10 余公里。一路上，支部书记朱燕文手举党旗，鲜红的党旗在阳光照耀下迎风飘展，每位党员胸前的党员徽章闪闪发光。崇山峻岭，青山翠绿，唯有一条约一公里的原始古驿道在山谷间蜿蜒向西延伸。当进入古驿道时，党员们自然地放慢脚步，一边聆听讲解员高玉昌老师的精彩讲解，一边睁大眼睛仔细看，千年古道上留下的马蹄印，虽然年代久远，但仍然清晰可见。

印刻在路面青石上凹陷的马蹄印栩栩如生，可以想象，古时茶马古道的繁荣景象和红军长征队伍的壮观。古驿道的商业文化和红军长征故事让党员们叹为观止。"好几年前，我还在当文化站站长时，县委贺书记为了保护古驿道，重新修缮过，还建了一个凉亭。"高玉昌老师兴奋地说道。

红桥村的板壁标语故事，让旧县烟站党支部八名党员听得津津有味。宋学义一家人冒着生命危险保护标语，大家对宋学义一家人的勇敢担当精神感到无比敬佩。

　　昆曲高速马龙至旧县段路旁矗立着一座足有五米多高的巨大石刻。石刻正中镶嵌着"红军哨"三个竖写鲜红大字，大字边刻有一个五角星，花岗岩底座上刻有"长征精神永放光芒"八个字。鲜红大字和五角星在灿烂阳光下光芒四射、闪闪发光。高速路上过往的车辆在百米开外就能看到这座精美的红色石刻。一眼望去，红字和五角星仿佛在云端闪烁，映红了大地。

　　这座石刻是前几年马龙区委区政府为了纪念红军长征过马龙而制作的。目的就是纪念红军长征和弘扬长征精神，让长征精神在马龙大地发扬光大，永续传承。旧县烟站党支部组织本支部八名党员在重走长征路、聆听红军板壁标语故事的基础上，来到"红军哨"石刻处，面向石刻和中国共产党党旗重温党的誓词。

　　党员们纷纷表示将不忘初心、牢记使命，世代讲好红军长征故事，让长征精神永远激励自己，带头学深悟透"四史"，做到"学史明理、学史增信、学史崇德、学史力行"，强化"四个意识"，坚定"四个自信"，做到"两个维护"。在实际工作中，用实际行动努力践行"我为群众办实事"，用优异成绩向建党 100 周年献礼。

阿瑛的艰难打工之旅

　　四十出头的阿瑛出生于乌蒙山区的乡下农村，她的家乡山高路陡，交通闭塞，可以说是标准的边远山区。十四五岁时，阿瑛的大姐在县城开了一家服装店，由于店里缺人手，刚好阿瑛也初中毕业在家没事做，大姐就将阿瑛带到城里帮忙打理服装店，顺便也学点经商之道。

　　阿瑛从小就聪明伶俐、乖巧听话，做事认真，还能吃苦。跟随大姐学做服装生意，她一学就会，一点就通，而且上手很快，两三年就学会了进货、叫卖、讲价、裁剪、织补、维护顾客等。跟随大姐的几年，算是跟大姐当学徒，她也学到了很多经营技巧和策略。后来，在大姐的支持帮助下，阿瑛自己也开了一家服装店，店面不大，只有30多平方米，主要是卖男女服装和鞋子。她一个人既当老板又当员工，服装店一开就是二十多年。

　　后来，阿瑛靠勤劳的双手和仁厚、善良的经营之道，本着物美价廉、薄利多销的经营理念，服装店的生意越来越好，收入还算可以。她还在城里买了一套二十多万元的住房，成了家，还养育了一个聪慧可爱的女儿。但因丈夫贪玩，好吃懒做，家里家外都靠阿瑛一手操劳，后来，阿瑛实在忍受不了丈夫的所作所为，就带着年幼的女儿离开了家。为了维持生计和供孩子上学，阿瑛仍然含辛茹苦地坚持经营着自己的服装店。

　　好多年后，女儿考上了大学，阿瑛也已步入中年，现在她的服装店周围环境变了，人流量减少了，生意不是那么好做了，加之劳累多年，操劳够了，阿瑛就想换个环境，换种新的生活方式，体验一下新的工作，看看自己的生存能力如何。阿瑛思前想后，下定决心关掉自己的服装店，来到另一个城市，寻求新的生活，开启新的打工之旅。

　　来到陌生的城市，阿瑛独自在大街小巷穿梭，寻找各种务工信息。她想，自己的专长是营销，还是找一份卖服装或鞋子之类的工作比较适合自己。于是，她在主城区正街面找到了一家鞋子专卖店，帮老板卖鞋。鞋店的生意倒是很好，人来人往，销量火爆，就是上班时间长——从早上九点到晚上九点，除了轮流吃饭半小时，可以坐下休息一会儿，其他时间不能坐，只能站立，还要在店门口吆喝。最难的是寻找顾客需要的鞋子时，要到仓库里爬高或弯腰屈腿翻找鞋子，经常会碰头和划破手脚。一天工作十多个小时下来，回到家后已是疲惫不堪、腰酸背痛，有时还会遭老员工的白眼和抢单。阿瑛坚持了十天，觉得实在做不了这份工作，继续下去会把身体搞垮的，最后她辞去了这份工作。可老板狡辩地说这是试用期，不满一个月，一分工资不发，这是阿瑛来到新城市打的第一份工，一分工资没拿到，这工算是白打了。

没过几天，阿瑛又找到一份卖童装的零工，做了两个月，每月工资两千多元，能按时领到工钱。工作倒也不太辛苦，只是时间有点长，她还算满意，后因家里有事不得不又辞去了这份工作。后来，阿瑛又在一家男装店卖衣服，也只做了三个多月，因母亲生病需要照顾辞掉了这份工作。本来这两份卖服装的工作阿瑛都很喜欢，虽然工资不高，但没顾客时可以坐着休息。老板也很看好阿瑛的工作能力，只是家里有事，请假时间太长，服装店人手不够，老板不得不另招新人。

半年过后，阿瑛又找到了第四份工作，是在一家专门卖床垫和沙发垫的直销店上班。这份工作也很自由，经常在外面推销床垫，寻找客户资源，即使卖不出产品也有两千元左右的固定工资，要是能卖出产品的话，就会有很高的提成奖励。直销店是正规企业开的连锁店，招聘员工都签订合同，还为员工购买相关保险，工资待遇还算可以。

阿瑛在床垫直销店工作了一年多，难的是卖不出东西着急，能卖出东西但搬运很困难。一年半载没卖出一件产品都是常事，销售能力强的一个月能卖两三件，月收入能有上万元，卖得越多工资收入越高。阿瑛也卖了四五张床垫。因为公司都是女员工，所以只要有人卖出产品，都要约上几个同事帮忙送货。床垫最小的都有六七十公斤重，必须拆为三块搬运。有时候要搬到五六层楼上去，几个女人一起推、滚、扛、抬，才能弄到客户家中，搬运时伤到手脚是常有的事。阿瑛就有几次扭伤脚和磕破手，这也是阿瑛难以坚持下去的原因，最终她还是辞去了这份工作。现在的阿瑛又找了一份很轻松的工作，离住的地方很近，只上半天班，收入虽然只有两千元左右，但没压力，足够维持生活，自己也很开心。

经过三年的打拼，阿瑛经历坎坷、吃尽苦头，但也收获很多。在陌生城市换了五份工作，分别有不同的感受，既学到了东西又广交了朋友，还长了见识，既有辛酸也有泪水。阿瑛深刻体会到外出打工真是不容易，无论打什么工都要靠自己的学识和能力，最好有一技之长，能吃苦耐劳，勤奋好学，还要有一个好身体。自己要有自己的优势，有的工作受学历限制，有的受年龄限制，还有的受专业或技能限制。但不管怎样，只要善于学习、头脑灵活、踏实做事，都能找到适合自己的工作。

劳动最光荣，打工需勤奋；吃得苦中苦，方为人上人。每位打工人都为社会做贡献，是可敬可爱之人。祝福阿瑛及天下所有打工者，在打工道路上一切顺心如愿，生活越过越幸福！